La complainte Inachevée

Auteur

Esmaiel Yourdshahian

Traducteur

Nader André Dadgar Nowbarian

Numéro de série: P2233240083
Titre: La Complainte Inachevée
Sous-titre: Roman d'amour
ISBN: 978-1-990760-23-5
Auteur: Esmaiel Yourdshahian
Traducteur: Nader André Dadgar Nowbarian
Métadonnées: Drame/romantique/fiction
Taille du livre: 5.83 x 8.27 inches
Pages: 152 Paperback
Éditrice: Kidsocado Publishing House

Kidsocado Publishing House
Vancouver, Canada

Téléphoner: +1 (833) 633 8654
WhatsApp: +1 (236) 333 7248
E-mail: info@kidsocado.com
https://kidsocadopublishinghouse.com
https://kphclub.com

Traduction
Nader André DADGAR
NOWBARIAN

Introduction du traducteur

Ce roman est le sixième roman d'Esmaiel Yourdshahian. C'est une tentative d'introspection et d'interrogation de l'auteur sur les sentiments de solitude et de tristesse des êtres humains dans notre société.

L'évènement inspirateur de ce roman est le terrible attentat du Bataclan. En voyant les images de ce drame, son regard est attiré par celle d'une jeune femme ensanglantée, morte, les mains sur le ventre. Il se demande alors si elle était enceinte ; cette jeune femme aurait pu être l'amour de sa vie, sa femme, comme elle l'était peut-être dans la vie d'une autre personne. Il s'imagine alors comme le voyageur d'un train qui ressasse sa vie dans la tourmente d'un destin funeste, confronté à l'assassinat de son épouse enceinte. Dans la nuit même du massacre, il écrit les cinquante premières pages du roman. Après un an et demi de travail il a la satisfaction d'avoir retranscrit le mieux possible ses pensées et ses sentiments, ceux d'un écrivain et poète iranien baigné dans la culture mithraïque et son symbolisme. Il rejette de toutes ses forces non seulement l'intégrisme religieux islamique, mais également la xénophobie qui ronge toutes les sociétés humaines.

Adèle est une jeune et belle française, chercheuse en sciences humaines dans une université lyonnaise et activiste humanitaire. Son destin croise celui d'un jeune architecte iranien nommé Nader. Elle entreprend un voyage dangereux, sous l'égide de l'Union européenne, dans des zones de conflit au Proche-Orient sous le joug de l'État islamique. Elle est accueillie au sein d'une communauté yzadie disloquée, sidérée. Elle revient profondément marquée par cette expérience. Le hasard la conduit au Bataclan un soir de novembre 2015 où la vie du couple est anéantie par les terroristes islamistes.

Durant ce travail, l'écrivain se situe comme prisonnier d'un monde défini par ces personnages et se projette dans l'esprit de chacun d'eux avec comme seul angle de vue l'Amour de son prochain. Il se trouve alors pendant cette année et demi d'écriture comme un schizophrène ballotté entre divers états d'âme psychotiques. Il réalise ainsi les dégâts incommensurables infligés à ses terres d'origine et au monde globalement par la noirceur d'une croyance abjecte qui se répand telles des métastases.

Le message porté par ce roman est la nécessité d'une lutte humaniste commune contre l'obscurantisme, portée par une alliance entre les peuples avec comme seules armes possibles l'Éducation laïque et l'Amour.

Bonne lecture !

Nader André Dadgar Nowbarian

CHAPITRE 1

Je me tenais devant le panneau d'information, dans le hall principal
de la gare d'Amsterdam, quand soudain, j'ai entendu une voix frêle
et mélodieuse dans mon dos murmurer :

    « Le train de Hambourg, quai numéro 5 ».

Je me suis tourné et j'ai aperçu une magnifique jeune femme : elle
était fine, le visage rond, les cheveux châtain clair et les yeux
couleur noisette. Son sourire bienveillant captivait le regard.

Je lui ai dis :

    « Moi aussi je vais à Hambourg. Je cherche le quai numéro
    5.

    - Quai numéro 5, dépêchez-vous, le train va bientôt
    partir ! »

Ensuite, d'un ton chaleureux, comme si elle me connaissait depuis
des années, elle m'a demandé :

    « Dans quel wagon vous êtes ?

    - Wagon numéro 5, compartiment 3, siège numéro 2.

- Oh, c'est incroyable, je suis dans le compartiment numéros 3, siège numéro 1 ! »

Elle a poursuivi avec le même enthousiasme mais avec une pointe d'ironie :

« Mon Dieu, on dirait un train retapé datant de la seconde guerre mondiale. On va y rester jusqu'à demain midi. On aura aussi deux heures d'arrêt vers minuit à Osnabrück puis à Hanovre.

- Deux heures ?

- Oui.

- Ça alors ! »

Elle a souri et a repris son chemin.

Moi, je me rendais à Copenhague mais en passant par Hambourg. C'était un après-midi pluvieux, un petit vent frais rafraîchissait l'air. Arrivé au quai numéro 5, le vent s'insinuait entre les trains et apportait des senteurs de sel marin mélangées au parfum de terre humide. Dans la grisaille de cet après-midi-là, les rangées d'arbres de la rue longeant la gare ressemblaient à d'êtres humains qui attendaient. Ils attendaient quelqu'un, quelqu'un qui arrivait ou devait arriver. Mais moi, personne ne m'attendait et personne n'était venu me raccompagner. Ton frère, Alfred n'avait pas pu venir, il avait plein de rendez-vous avec ses patients à la clinique. Malgré tout il était resté avec moi jusqu'à trois heures de l'après-midi. Nous avions déjeuné ensemble dans un restaurant près de chez lui et nous avions convenu de nous retrouver à Copenhague, quelques jours plus tard, à la cérémonie organisée à ta mémoire et pour la présentation de ton livre.

Sa femme Anna m'avait déposé à la gare et avait insisté pour que je retourne les revoir rapidement. J'ai toujours apprécié de raccompagner ou d'être raccompagné ou de venir accueillir quelqu'un à la gare. À chaque fois que toi, tu partais en voyage, moi je t'accompagnais et je restais seul avec le cœur serré. Je voulais absolument, être là à ton retour, mais j'ai toujours eu la faiblesse de ne pas pouvoir exprimer mes sentiments. Cette impuissance avait peut-être un lien avec ma timidité ou avec mon éducation qui m'empêchaient d'extérioriser ce qui se cachait au fond de mon âme.

Le mois de juin s'est écoulé, le jour de ton retour du voyage dans les zones de guerre en Syrie, en Irak et dans les campements de réfugiés en Turquie, je suis venu t'accueillir, impatient, avec un bouquet de roses. Ton voyage avait été plus long que d'habitude et je bouillonnais en t'attendant. Je voulais te prendre dans mes bras, te serrer de toutes mes forces et te dire combien tu m'as manqué. Mais je n'ai pas pu car tu ne m'en as pas laissé le temps. Dès que tu m'as vu sur le quai de la gare, avec mon bouquet de fleurs, tu as posé tes valises à terre et tu t'es abandonnée dans mes bras. Tu lisais dans mon cœur et de la fougue de ton baiser j'ai compris aussi tes sentiments.
Tu te rappelles, tu as pris le bouquet de fleurs, tu l'as regardé un instant et tu l'as humé profondément. Ensuite avec ton humour habituel tu m'as dit :
« Merci pour ces jolies fleurs mon chéri. Maintenant je sais que tu m'aimes. »
J'ai senti que tu m'offrais ton cœur.
Moi, je connaissais bien tes dérisions, alors j'ai ri. Je voulais te répondre mais tu as mis ta main sur ma bouche et tu m'as dit :
« Non, non je me suis trompée ! C'est moi qui t'appartiens, tu es mon maître, comme tous ces orientaux virils, qui s'approprient leur épouse ! »
Puis tu t'es mise à rire à gorge déployée. Tu m'as pris par le bras alors que je soulevais tes valises et en te serrant contre moi tu m'as dit :

« Tu devrais être à ton travail, qu'est-ce que tu fais ici ?

- Mais je ne pouvais pas ne pas venir, tu m'as tellement manqué.

-       Merci mon chéri, toi aussi tu m'as beaucoup manqué. »

Tu as laissé traîner le mot beaucoup, en le prononçant. Je t'ai demandé :

« Comment s'est passé ton voyage ?

-       Bien, il faut que je te raconte.

-       Tu veux aller manger quelque chose dehors ?

-       Non, rentrons à la maison, c'est mieux que n'importe où. J'ai envie de rentrer à la maison avec toi. Je voudrais qu'on s'assoit et qu'on parle. J'ai tellement de choses à te dire.

-       Rentrons. »

Tu étais fatiguée mais contente, heureuse d'être chez toi. Nous sommes rentrés en voiture, avec la Citroën DS3 de 2014, couleur améthyste au toit noir que j'avais achetée neuve quelques semaines auparavant. Tu te plaignais toujours de mes voitures, que j'achetais d'occasion, eh oui, je ne suis pas si riche que ça. Mais pour une fois j'avais fait l'effort d'en acheter une neuve.

« Nader, peux-tu enfin un jour acheter une voiture neuve. C'est quoi ces voitures minables que tu achètes ? Ça te revient plus cher en entretien et en réparation que d'en acheter une neuve ! Si tu veux je peux t'aider ! Achète une voiture neuve qui te plaît vraiment. »

Tu vois je t'ai écoutée, dès que j'ai fini mes études et enfin trouvé un travail stable, je t'ai fait plaisir. Tu te rappelles, le jour où je l'ai reçue, je suis venu t'en faire la surprise sur ton lieu de travail à l'université, à Lyon. Ton bureau était au deuxième étage. Quand j'ai frappé à la porte de ton bureau et que je suis entré, tu étais en train de discuter avec quelques étudiants. Tu as été étonnée de me voir là à cette heure de la journée sans t'avoir prévenue. Tu es venue m'accueillir, souriante, tu m'as demandé quelques minutes pour finir la discussion avec tes étudiants. Un moment plus tard ils sont tous partis. Alors tu es revenue vers moi un peu inquiète de ma présence inhabituelle à cette heure-là :

« Qu'est-ce qui se passe ? Il y a un problème ?

-       Non, rien, j'ai ta voiture »

Après un instant d'hésitation et d'étonnement tu m'as répondu :

« Ma voiture ? Je n'ai pas de voiture !

-       Si, tu en as une, je l'ai reçue il y a à peine une heure.

-       Tu l'as reçue il y a une heure !

-       Oui.

-       C'est quoi cette plaisanterie ?

-       Ce n'est pas du tout une plaisanterie !

-       Je n'ai pas de voiture, moi.

-       Maintenant si, une très belle voiture d'occasion, d'une belle couleur.

-       Quoi ? Comment as-tu pu faire ça ? Je n'aurais jamais acheté une voiture d'occasion.

-       Celle-ci, si.

-       Je parie qu'elle ressemble à toutes celles que tu as déjà eues.

-       Non, celle-ci est bien.

-       Tu l'as achetée quand ?

-       Je l'ai commandée il y a un mois, je l'ai reçue aujourd'hui.

-       Tu me dis reçue aujourd'hui ?

-       Oui.

-       Nader, je sais bien que tu aimes plaisanter.

-       Non, je suis sérieux, je l'ai emmenée pour te la livrer. Viens voir par toi-même. »

Tu m'as regardé un moment, prise de doute, puis tu m'as dit :

« Bien, allons voir. Gare à toi, si elle est minable ! »

Nous nous sommes rendus sur le parking et dès que tu as vu qu'elle était neuve, ton visage s'est ouvert. Tu étais contente mais en même temps agacée de ma cachotterie et de cette surprise. Tu t'es retournée vers moi en me donnant de petits coups de poing à la poitrine :

« Tu n'es pas gentil, je vais te tuer ! »

En me protégeant de ton assaut avec mes mains je t'ai dit :

« Je voulais juste te faire une surprise ! Au moins regarde si elle te plaît.

\- C'est évident qu'elle me plaît. Elle est très belle, mais je vais quand même te tuer. »

Tout en me tapotant le dos et l'épaule, tu m'as pris dans tes bras et m'as dit :

« Je te remercie mon chéri. »

Puis tu t'es retournée vers la voiture et l'as regardée avec admiration en disant :

« Quelle belle couleur ! »

Je t'ai présenté le petit paquet cadeau dans lequel j'avais placé la clef de la voiture :

« C'est l'anniversaire de notre mariage. J'ai insisté pour la recevoir aujourd'hui. C'est ton cadeau ma chérie. »

Tu as pris le petit paquet cadeau avec une grande joie, l'as déballé et en regardant le porte-clefs doré tu m'as dit :

« Elle est magnifique, merci infiniment, mais, et toi ?

\- Ne t'en fais pas pour moi, je me trouverai une voiture d'occasion et de toute façon tu ne monteras pas dedans ! »

Tu m'as fait rire de plaisir. Je voyais bien ton regard admiratif. Tu m'as dit :

« Ne t'achète pas une voiture minable, on utilisera cette voiture tous les deux.

\- D'accord, j'y penserai. Mais pour le moment il faut que je retourne à mon travail, j'ai demandé à m'absenter une heure ou deux.

\- Je te raccompagne ?

\- Non, je vais marcher un peu puis je prendrai un bus, ça me fera prendre l'air.

\- À ce soir. »

Dans la soirée nous sommes allés au restaurant, un super bouchon traditionnel lyonnais, pour fêter notre anniversaire de mariage.

Nous sommes partis ensuite nous promener le long des quais du Rhône, puis nous nous sommes assis au bord de l'eau et nous avons admiré le puissant courant du fleuve et les reflets de la pleine lune dedans.

Nous avons parlé de notre mariage, des souvenirs de vie commune et un peu de l'intérêt des voitures d'occasion de deuxième voire de troisième main que je menais jusqu'au bout, avant qu'elles ne finissent à la casse. J'ai bien défendu ma Renault Super 5 blanche, trois portes, de 1985 que j'adorais. Même si elle était un peu minable comme tu disais, elle était presque devenue mon amie intime. Tu m'as bien fait rire ce soir-là.

La première fois que je suis venu te voir à Clermont-Ferrand c'était avec cette Super 5 blanche ! C'était pendant les vacances du Nouvel An, il neigeait beaucoup. C'était les jours de complicité et d'insouciance, d'espérance, des jours heureux, avant notre mariage. Ce matin-là quand je suis parti de Lyon, je ne pensais pas qu'il y aurait autant de neige sur la route. Je suis arrivé à Clermont-Ferrand en début d'après- midi. Je t'ai appelée, tu m'attendais avec impatience chez toi. Tu m'as dit que ton père aussi attendait, il avait hâte de faire ma connaissance. Ton frère, Alfred était lui aussi à la maison.

Tu ne peux pas savoir combien cette invitation m'avait angoissé, malgré le fait que tout ceci était prévu d'avance. Tu pensais que le Nouvel An était un bon moment pour les présentations. J'étais presque paniqué. J'ai pris une chambre d'hôtel pour prendre une douche et déstresser un moment avant de venir chez toi. Je me suis habillé convenablement, je suis allé chez un fleuriste prendre un joli bouquet et j'ai acheté aussi une boite de chocolats au centre commercial du centre-ville. Puis je suis allé chez un bon caviste qu'on m'avait indiqué, dans le vieux centre-ville, non loin de la cathédrale, prendre une belle bouteille de champagne millésimé dans son coffret en bois. Ensuite seulement, je me suis dirigé vers chez toi.

Il neigeait toujours et encore, tout était blanc. La rue étroite où se trouvait ta maison était vide. J'ai pris un instant pour observer les quelques majestueux chênes rouvres et les hêtres plantés devant les maisons en pierre volcanique aux toitures en tuiles ocres, recouvertes de neige. La luminosité ambiante de cette fin d'après-midi rendait ce paysage vraiment splendide. Les lumières de la plupart des maisons étaient éclairées et des voitures étaient garées devant chacune d'elles. Je me suis arrêté devant chez toi, une belle bâtisse en pierre, à deux étages. Je me suis appliqué à ne pas glisser devant ta porte.

En bas des marches de l'entrée j'ai entendu la musique douce qui provenait de chez toi, une sonate pour violoncelle et piano, en harmonie parfaite avec ce temps neigeux et les circonstances. J'ai senti mes moindres pensées les plus intimes, explorées par chaque vibration de corde de violoncelle, se prolonger dans chaque flocon de neige et influencer sa lente chute. J'ai ressenti un frisson intense parcourir mon corps et la chair de poule me couvrir. Cette musique exprimait tout ce que j'étais incapable de dire, j'étais empli de plaisir et j'avais envie de poursuivre cette écoute attentive et regarder les flocons danser au gré du vent, tellement j'étais en extase.

Après un moment je me suis dit qu'il valait quand même mieux sonner à la porte avant d'être couvert de neige.

J'ai sonné, la musique s'est interrompue et quelques instants plus tard, tu as ouvert la porte d'un geste élégant et m'as accueilli avec un grand sourire. Cette image, pleine d'amour, s'est à jamais gravée dans ma mémoire. J'avais l'impression que tu étais ravie de me présenter à ton père et à ton frère. C'était ma première rencontre avec eux. Je me rappelle, tu m'as souhaitée la bienvenue et tu riais car j'étais couvert de neige. Tu as débarrassé mes cheveux et mes épaules, de la neige qui les couvrait. Tu as trouvé que j'avais l' air anxieux, alors, pendant que tu me guidais vers l'intérieur de la maison, tu m'as serré la main en me disant : « détends-toi ! »

Nous sommes entrés ensemble dans le salon où ton père et Alfred nous attendaient. Tu m'as présenté, ton père m'a serré la main chaleureusement mais, pas ton frère. Il a été relativement protocolaire : distant et froid.

Ton père qui observait les quelques flocons de neige persistant sur ma tête et mes épaules, m'a demandé :

> « Tu es venu à pied ?
> - Non, je suis en voiture.
> - Il doit drôlement neiger alors !
> - Non, il neige tranquillement.
> - C'est étonnant d'avoir amassé autant de neige en si peu de temps !
> - À vrai dire, quand j'ai entendu la musique, je me suis arrêté pour écouter. C'était très agréable dans ce coucher de soleil et cette harmonie m'a captivé. »

Ton père a souri…

> « Je pense que vous les orientaux, surtout vous les Iraniens, vous êtes très romantiques et vous êtes bercés par vos poésies. Mais ça me plaît bien, j'aime cet état d'esprit. Oui, c'est une très belle musique, c'est comme un tranquillisant, c'est une sonate pour violoncelle et piano de Rachmaninov. C'est Adèle qui jouait du violoncelle. Elle joue merveilleusement bien. J'adore cette sonate. »

J'ai dit avec enthousiasme à Adèle :

> « C'était toi qui jouais ? »

Tu as ri…

> « C'était Alfred et moi, lui jouait du piano et moi du violoncelle. »

Moi qui étais encore dans l'atmosphère de la musique, j'ai été saisi et je t'ai dit :

« Mais tu ne m'avais pas dit que tu jouais du violoncelle ! Je
te félicite, c'est merveilleux. »

Tu as encore ri :

« Je ne pensais pas que c'était si important pour toi ! C'est
mon instrument favori, il vient de ma mère. Je jouais du
piano mais après le décès de ma mère, mon père m'a
demandé d'apprendre le violoncelle. Quand il avait le
cafard ma mère lui jouait un morceau de violoncelle. C'est
comme ça que c'est devenu mon instrument principal. Si
mon père me le demande, je joue pour lui. Je jouerai aussi
pour toi si tu veux.

- Mais avec joie, je te le demanderai tous les jours, ça sera
merveilleux. »

Ton père a poursuivi :

« Oui, elle joue merveilleusement, encore mieux que sa
mère. Mais je ne sais pas pourquoi elle est bouleversée
chaque fois qu'elle prend cet instrument dans les bras. »

Tu as continué en approuvant ton père :

« C'est vrai, chaque fois que je prends cet instrument dans
mes bras pour jouer, c'est comme si je prenais ma mère
dans les bras. »

J'ai eu l'impression qu'à cet instant ton père a eu envie de changer
de sujet. En m'invitant à m'asseoir d'un geste de la main, il m'a dit :

« Bien, viens t'asseoir et prendre un verre. »

Je me rappelle que pour suivre les coutumes iraniennes tu avais fait
du thé noir, que tu nous avais servi dans des tasses en cristal. Ton
père m'a questionné sur mes études, ma famille, mes occupations et
mes passions. Je lui ai dit que nous étions issus de la classe moyenne,
mes parents étaient enseignants, ma sœur était étudiante. Je lui ai dit
que je souhaitais m'établir et fonder une famille en France.

Je me rappelle le plaisir de ton père lorsqu'il a appris que je venais
d'une famille d'enseignants. Il était bien renseigné sur la culture et
l'histoire des mondes iraniens. J'ai été enchanté par son ouverture

d'esprit et son comportement amical. D'ailleurs, ton frère aussi a semblé du coup plus détendu. Je ressentais de la chaleur dans mon cœur. Une petite heure plus tard quand nous nous sommes levés, toi et moi, pour partir au restaurant, ton père est venu me raccompagner à la porte et m'a dit :

> « Merci d'être venu, Adèle nous avait beaucoup parlé de toi, et j'étais impatient de te rencontrer. Mais j'avoue que je ne m'attendais pas à trouver un beau garçon sympathique comme toi ! Je félicite Adèle, tu me semble un garçon modeste et plein de qualités. J'ai été ravi de te connaître. Sache qu'Adèle aussi est un être exceptionnel, et hormis sa beauté physique et ses connaissances, elle a une âme extrêmement sensible et profondément généreuse. Je serai toujours fier d'elle. »

En lui serrant la main, je lui ai dit :

> « Merci pour tout Monsieur, moi aussi je suis heureux d'avoir fait votre connaissance ainsi que celle d'Alfred et merci pour votre accueil. J'espère être digne de vos éloges. »

Tu as ri et tu as dit :

> « Mais oui, tu l'es ! »

Ton père aussi a approuvé en riant. Puis il a posé sa main sur mon épaule et m'a dit que tu lui avais fait l'éloge de ma moustache, que tu trouvais belle ! En montrant du doigt sa moustache large et brun clair, qui couvrait sa lèvre supérieure et le bas de ses joues, il m'a dit :

> « Une moustache doit être bien fournie et imposante et non mince et bourgeoise ! Ta moustache est fine, mais elle est belle quand même.
>
> Ceci dit laisse la pousser un peu plus. »

En réalité ça ne lui déplaisait pas. Tout en me tapotant le dos il a ajouté :

> « Allez-vous amuser et n'allez surtout pas à l'hôtel, revenez dormir ici. »

Nous nous sommes dit au revoir et nous avons quitté la maison. J'ai été très étonné par le ton amical et la gentillesse de ton père, qu'il insiste pour qu'on n'aille pas à l'hôtel. Ça m'a vraiment fait plaisir. J'ai considéré et surtout ressenti ça comme un message ; j'avais été accepté dans ta famille, comme un membre de la famille, comme un gendre.

Je me rappelle, je me suis mis face à toi, les points fermés et placés sur ma taille, j'ai gonflé ma poitrine et relevé la tête et je t'ai dit avec fierté :

« Alors ma belle, un homme jeune, beau, digne et instruit, message reçu ? »

Tu as ri et enlacé ton bras dans le mien,

       « Bien entendu Monsieur, c'est bien vous tout craché ! »

J'ai embrassé ta main enlacée dans la mienne en disant, merci Madame.

Nous nous sommes dirigés vers la voiture. Finalement le plus drôle et incongru c'était cette voiture qui n'a pas arrêté de faire des siennes, dans cette nuit de fête, elle n'arrêtait pas de caler. Et toi avec tes habits de fête, bien apprêtée, quand tu es montée dans cette voiture, tu ne soupçonnais pas de quoi elle était capable. Elle toussait tous les cent mètres et s'étouffait. Pourtant je l'avais fait réviser à Lyon la veille, alors je ne comprenais pas. Tu te rappelles, je te l'ai même fait pousser, je t'ai demandé aussi de rester au volant et d'essayer de démarrer pendant que moi je poussais. Tu t'es bien moquée de moi. Tu me disais de l'abandonner sur place dans la rue et de partir en taxi. Tu m'as dit en riant ; « même si elle redémarre, elle s'étouffera peu après ».

Et là, miracle, peut-être que ma Renault Super 5 blanche de 1985, t'a entendue et blessée dans son orgueil, elle a redémarré et ne nous a plus embêtés ! Elle nous a bien fait rire.

Oh, tant de souvenirs agréables. Le soir, tard, quand nous sommes rentrés chez toi, ton père et ton frère dormaient déjà. Nous avons bu un dernier verre avant que tu m'emmènes dans ta chambre. Je n'oublierai jamais l'instant où j'ai senti le parfum de ton souffle sur mes lèvres. Ah, si ces merveilleux moments pouvaient se répéter à l'infini.

Le lendemain, il faisait très beau, avec ton père et Alfred nous sommes partis faire du ski et bien entendu avec la voiture de ton père. Une fois arrivés à la station, le regard de ton père semblait avoir changé. Il nous a dit d'aller skier et que lui avait envie d'aller s'installer dans un bar, prendre un verre, lire un peu et contempler le paysage. Son visage émacié caché derrière sa moustache abondante, accentuait son regard lointain et sec. Il semblait préoccupé.

Tu lui as demandé s'il ne voulait pas venir skier avec nous. Il a souri et secoué la tête en signe de négation, puis il est parti s'asseoir dans un bar. Tu l'as suivi du regard, tu t'es retournée vers nous et tu nous as dit :

  « Allons-y ».

Je t'ai dit,

  « Je pense qu'il veut nous laisser seuls.

- Non, il pense à ma mère. Quand ils étaient fiancés ils ont passé beaucoup de temps ensemble ici. Il doit vouloir rester seul pour se remémorer ces jours-là. »

Tu t'es à nouveau tournée vers lui, il s'était installé derrière la fenêtre et tu m'as pris la main pour m'attirer vers les pistes. Alfred avait pris les devants sur un télésiège. Moi, comme j'étais un piètre skieur comparé à vous, j'avais pris une luge. Alors pour rester ensemble nous avons décidé de monter à deux et à tour de rôle sur la luge. À vrai dire je n'avais jamais fait de la luge comme ça. Nous t'avons assise dans la luge en premier. Alfred et moi, nous t'avons poussée mais chacun pensant à soi, nous avons voulu sauter ensemble sur la luge. Alors nous nous sommes forcément bousculés et nous t'avons renversée dans la foulée. Finalement je suis monté en premier puis Alfred. Mais au bout de la descente on finissait par tomber quand même. Alfred a finalement préféré se mettre au ski. Nous avons continué nos descentes tous les deux, tant bien que mal, ponctuées de batailles de boules de neige et de fous rires. Ce n'était qu'insouciance et bonheur.

Comme le temps passe vite et irrémédiablement. Il nous arrache ces moments et les êtres que nous aimons et les transforme en souvenirs.

CHAPITRE 2

La jeune femme qui marche devant moi, en plus d'un grand sac en cuir noir et blanc porté à l'épaule, tire derrière elle une grande valise rouge qui a l'air bien lourde. Elle semble gaie et pleine d'énergie. En avançant elle jette, de temps en temps, un regard furtif vers moi. Sa démarche élégante et nonchalante à la fois, ses gestes tout en finesse et précision, me font penser à toi. Quand j'y pense, même le vert de ses yeux et la couleur de ses cheveux me font penser à toi. Mais dans ton regard et dans tes paroles il y avait d'autres couleurs et une autre musique que je n'ai jamais trouvées chez aucune autre femme.

On aurait dit que tu avais le don de ressentir chaque vibration de la lumière et les fréquences des sons et peut-être même qu'il y avait une symbiose innée entre vous.

Je me rappelle un après-midi pluvieux, alors que nous formions un couple depuis peu. Il pleuvait, tu as ouvert la fenêtre, tu as sorti la main et en montrant un faisceau de lumière qui traversait les interstices des branches et des feuilles d'un mimosa, formant un jeu d'ombres sur le sol, tu m'as demandé :

« Est-ce que tu entends sa musique ?

Je t'ai demandé ;

- Le son de la pluie ?

- Non, la musique de la lumière qui traverse les feuilles vertes ! Concentre-toi un peu, fais le silence en toi et écoute ! Regarde et écoute, la lumière et la pluie, quel sublime concert ! »

Et moi, le regard fixe, j'ai écouté la musique de la lumière. Tu disais vrai, il y avait une autre musique, et peut-être même que c'étaient tes pensées et tes sentiments qui s'insinuaient en moi. Tu avais une âme, une vie et des ressentis autres. Tu transformais le son et la lumière en des mots capables d'exprimer toute la vérité et la beauté de ce monde.

À travers tes sentiments et ton esprit et par ces mots j'entendais tout ce qui émanait de toi. Comme j'étais heureux d'être à tes côtés. Permets-moi de te dire que tu étais le plus grand présent que la vie pouvait m'offrir, j'étais tellement fier de toi. Mais, mille regrets, j'ai été incapable de te préserver, enfin, le destin ne me l'a pas permis, il m'a privé de toi. Ces aveugles qui sont totalement incapables de percevoir la beauté de ce monde et la musique de cette lumière traversant chaque feuille de mimosa, ont tout anéanti. Tes mots sublimes se sont perdus, ta complainte est restée inachevée.

Le jour où tu es rentrée de voyage, de la sortie de la gare jusqu'à la maison, tu n'as pas arrêté de parler. Tu m'as parlé de ton voyage très intéressant mais terriblement dangereux, tout ce que tu avais vu et entendu, de la situation des réfugiés et de leurs problèmes. Tes paroles ressemblaient à tes écrits, claires, concises, sans aucun détour, en une phrase ou en un mot. Certains soirs, après un film au cinéma ou une pièce de théâtre, quand je te demandais ton opinion, ta réponse se résumait à « nulle » ou « magnifique » ou encore « mélodrame assez moyen ». Oui, tes réponses étaient comme ça et ta description écrite des choses aussi, courte et simple. C'était ce que tu avais appris pendant ta formation de journaliste. À l'époque où tu collaborais avec certains journaux, c'était le style de tes articles qu'on remarquait tout de suite. Franchement, la précision dans le choix des mots ne laissait place à aucune critique, c'était fluide et mélodieux en même temps. C'était à cette époque que tes rencontres et tes contacts avec diverses associations et organisations t'ont conduite à t'intéresser aux droits de l'Homme, aux problèmes économiques et à ceux inhérents aux réfugiés de guerre. Tu t'es alors pleinement engagée dans cette voie.

Avec ton grand cœur et tes sentiments à fleur de peau, tu étais toujours prête à aider les humains et même les animaux, en toutes circonstances. Et d'ailleurs même pas prête à aider mais prête à « servir », comme tu le disais toi-même. C'était là, ta vraie raison de vivre.

Je n'oublierai jamais la nuit blanche que nous avons passée à cause d'un chaton blessé. C'était notre deuxième mois de vie commune à Lyon. On rentrait à la maison à pied quand on a vu un chaton blessé qui saignait à une patte. Tu as voulu l'attraper mais il s'est réfugié en boitant dans une bouche d'égout. Nous avons attendu un moment sans succès. Nous sommes finalement rentrés mais toutes tes pensées étaient absorbées par ce chaton. Tu n'as pas réussi à t'endormir. Tu disais « mais c'est un pauvre chaton, il va mourir dans ce froid ». Finalement nous avons pris une lampe de poche, du lait chaud et un panier, nous sommes partis à sa recherche en revenant sur nos pas, et avec mille difficultés nous avons réussi à l'attirer en dehors de sa cachette. C'était un chaton gris à poils longs, aux yeux verts, sa patte arrière droite était cassée. Il était très faible et apeuré, il ne tentait plus de s'enfuir. Tu l'as pris dans tes bras et après l'avoir longuement caressé tu m'as dit :

« Il faut l'emmener aux urgences ».

C'est ce que nous avons fait. Le vétérinaire, après une radiographie de sa patte, a confirmé le diagnostic et a dit qu'il fallait l'opérer. Il a demandé si le chat nous appartenait. Tu as répondu que nous l'avions trouvé en rentrant chez nous et que tu prendrais les frais en charge. Le vétérinaire était étonné et reconnaissant. Le chaton est resté à la clinique trois jours et tous les jours tu lui rendais visite. Quand tu es allée le récupérer, le vétérinaire a dit qu'ils avaient réussi à trouver son propriétaire, une dame âgée qui avait réglé la facture. Tu étais très contente que le chaton ait un toit.

Dès le début de ta collaboration avec les organismes humanitaires, tu t'es rapidement orientée vers la prise en charge des réfugiés et des immigrants et tu as commencé ton projet de recherche avec les docteurs Onika Berry et Johan Olssen de l'université de Copenhague. Votre travail, financé par l'Union européenne, portait sur les différences culturelles et linguistiques entre les populations déplacées et le pays d'accueil, et en conséquence leur mode de vie.

Tu organisais régulièrement des rendez-vous avec les réfugiés, Afghans, Irakiens, Syriens et des Africains souvent Somaliens ou Égyptiens pour discuter longuement avec eux et prendre des notes sur leur histoire. Tu avais constitué, avec beaucoup de patience et intérêt, des dossiers sur chaque groupe de chaque pays face aux pays d'accueil en Europe pour étudier les possibilités d'intégration dans chaque pays européen.

En plus, par intérêt personnel, tu étudiais leur langue et leur musique. Tu étais convaincue que compte tenu des blessures psychologiques et de la dépression secondaire, leur mal du pays et leur sentiment de solitude et d'isolement s'en trouveraient aggravés. Tu proposais de créer des cercles ou des maisons de la culture pour chaque population, dans sa langue, afin de créer un lien entre le pays d'accueil et le pays d'origine et d'améliorer la transition et leur intégration. Tu insistais beaucoup sur la culture, sur la musique comme thérapie et moyen de communication.

De temps en temps tu partais visiter des camps de réfugiés dans différents pays européens mais cette fois-ci ton voyage dangereux en Turquie en compagnie du docteur Olssen et du docteur Berry t'avait conduite au milieu des Syriens et des Irakiens avant de franchir la frontière pour aller à la rencontre des Izadis[1], ethnie errante et rejetée de beaucoup de pays, puis des courageuses femmes guerrières kurdes de Kobané. Tu aimais être à leur contact et surtout bavarder avec les jeunes et les enfants.

Tu étais toujours pressée ; tu voulais avancer sur tous les fronts à tel point que je m'inquiétais pour ta santé et je te le faisais souvent remarquer mais tu me disais que le plus important était de faire avancer les projets car tu espérais de retombées directes de ces travaux dans l'amélioration des conditions de prise en charge des réfugiés. Mais hélas, on ne t'a pas laissé le temps de finir ton travail.

Arrivés à la maison, pendant que tu défaisais ta valise, moi je suis parti préparer du thé. La première chose que tu as sortie

---

[1] Religion zoroastrienne monothéiste, izadisme dit yézidisme, par déformation venant du nom du créateur Izad ou Yazdan, signifiant Dieu en persan et repris à tort sous le nom de yézidi.

de tes affaires, c'était le plus important : ton ordinateur portable et tu l'as immédiatement installé sur ton bureau. Tu avais acheté en Turquie une boite de loukoums, tu savais que j'aimais ça. Tu m'avais apporté aussi un chapeau en laine « pour tenir au chaud ta grosse tête mon chéri », m'as-tu dit en riant et en te moquant de moi. Tu savais que je déteste les bonnets. Tu te rappelles, une fois à Paris dans une rue non loin de la Bastille, sur l'étal d'un vendeur turc j'en avais pris un et je l'avais mis sur ma tête. Tu avais éclaté de rire :

> « Tu ressembles à un pirate, regarde-toi dans une glace ! ».

Tu t'étais dépêchée de me prendre en photo avec ton portable. Vexé, j'avais reposé le bonnet à sa place en jurant de te rendre la pareille. C'était le mois de janvier, nous étions à Paris pour visiter la famille et les amis, mais tu étais surtout ravie que nous puissions nous promener main dans la main dans les rues de Paris. Tu me prenais toujours la main, c'était comme ça depuis le jour de notre rencontre. Je me souviens aussi d'avoir serré très fort ta main à deux occasions. La première fois c'était après notre rencontre au mariage de Pierre, à la fin de la fête, en se disant au revoir et en attendant le taxi, ivre d'amour et de joie, je t'ai serré la main très forte et je l'ai embrassée. Je voulais ressentir toute la chaleur de ton corps et les battements de ton cœur. Tu m'as souri et ton regard me disait comprendre mon intention. La deuxième fois c'était le jour même où tu t'es moqué de moi avec le bonnet en laine sur la tête. J'avais rendu le bonnet au vendeur et je m'étais vite éloigné à grands pas. Tu m'as rattrapé en riant, tu as enlacé ton bras dans le mien et moi, froissé, je t'ai pris la main dans le creux de la mienne avec l'intention de la serrer très fort en guise de châtiment et te faire mal, mais j'en étais incapable. Ton sourire et la transparence de tes sentiments ont suffi à adoucir mon humeur. Je t'ai regardée dans les yeux et je t'ai embrassé la main. À partir de ce jour à chaque fois que tu voulais te moquer de moi tu m'envoyais la fameuse photo sur mon téléphone.

Quand tu m'as dit que tu m'avais apporté un chapeau en laine, j'ai cru que tu te moquais encore de moi. Mais quand j'ai vu la boite du chapeau et qu'en l'ouvrant j'ai aperçu un chapeau en feutre bleu nuit, aux bords larges, j'ai compris qu'il s'agissait d'un vrai chapeau de grande valeur. Très reconnaissant, je l'ai pris et mis sur ma tête, je t'ai demandé :

« Il me va ? Ça ne fait pas pirate ?

— Non, il te va très bien, m'as-tu répondu en souriant, un beau gosse sexy. »

Tu as vidé ta valise et l'as rangée dans la penderie. Tu avais hâte de me raconter ton voyage, tu rongeais ton frein. Tu étais impatiente de me dire tout ce que tu avais sur le cœur depuis des semaines ; j'étais le miroir de ton boudoir. Tu étais toujours comme ça. J'étais le seul à écouter les cris de douleur de ton cœur. Tu savais combien je t'aimais et je savais combien tu t'étais attachée à moi.

Tu as rangé ta valise, tu es revenue me voir, tu m'as fait face et as commencé à parler sans introduction :

« La guerre, la guerre, quelle abomination, on ne peut pas imaginer ni comprendre tant qu'on ne l'a pas vue. J'ai vu sa réalité et celle de la mort en Syrie. Je ne sais pas comment te la raconter. En fait, personne ne le peut. Il faut y être pour palper l'impact d'une explosion de bombe et le vacarme des rafales de

mitraillettes, la destruction et la mort des êtres
humains. Il faut y être pour entendre les hurlements
des blessés et les pleurs d'épouvante des enfants.

Des marchands de mort, de nature purement vénale,
à la recherche de pouvoir, vendent des armes,
engagent des sbires sans foi ni loi qui sèment la mort
et la destruction partout, dans les villes et villages. La
population sans défense n'a plus que la mort ou
l'errance comme choix.

Mon Dieu c'est quoi ce monde que nous nous
sommes construits? Et si nous n'avions jamais inventé
toutes ces armes, tout ce malheur existerait-il ? »

Tu as fini ta phrase gorge nouée, tu t'es tournée et tu es allée
te mettre derrière la fenêtre pour regarder dehors. Tu faisais
toujours comme ça. Quand tu étais particulièrement énervée
ou bouleversée, pour qu'on ne voit pas ta colère ni tes larmes,
tu te tournais vers l'extérieur et regardais l'horizon, je
comprenais alors ta peine face à tout ce que tu avais vu.

Ensuite tu t'es retournée et tu m'as fait un sourire amer,
comme si tu étais navrée de m'avoir raconté toutes ces
horreurs. Tu t'es rapprochée de moi, tu cherchais mes bras
pour t'y réfugier avant de me raconter encore ta peine. Je t'ai
alors enlacée et en te caressant le dos je t'ai dit :

« Tu viens juste de revenir ma chérie, repose-toi et
prends un peu de recul. Tu me raconteras la suite plus
tard. »

Tu m'as regardé, désolée et commencé à me dire : mais…

Je t'ai coupé la parole :

« Tu sais c'est la réalité de notre monde, mais ce n'est
ni de ta faute ni de la mienne et nous n'avons aucune
responsabilité dans cette sale guerre. Garde le reste
pour plus tard. Pour le moment occupe-toi de toi, va
prendre une bonne douche et repose-toi, on verra plus
tard, plus tard. »

Tu as baissé la tête, tu es partie dans la salle de bain et tu as
fermé la porte. Je t'ai entendu pleurer, puis ouvrir le robinet
de la baignoire pour te faire couler un bain.

Cet après-midi-là en nous promenant sur les berges du Rhône,
tu as repris ton récit :

« Nader, pendant ce voyage, on m'a emmenée dans
plein d'endroits. J'ai vu des choses horribles, je ne
pensais vraiment pas que cela puisse exister. Tu ne
peux pas imaginer la situation. Mais ce qui était encore
plus incroyable pour moi, c'était l'état d'esprit et
l'espoir du peuple.

Mon Dieu, toute cette destruction et tous ces pauvres
gens démunis qui ne demandent qu'à vivre
simplement et reconstruire leur vie d'avant. La
destruction est peut-être dans la nature de l'homme.

Le troisième jour, après avoir fini notre travail dans le
camp des réfugiés, guidés par un jeune Kurde qui
parlait bien anglais, nous avons franchi la frontière
avec deux gardes et nous nous sommes rendus à la
ville libre de Kobané. Je pensais trouver une ville mais
ce n'était qu'un tas de ruines et le plus étonnant c'est
que des gens y vivaient quand même et gardaient
toujours espoir. Ces hommes et ces femmes s'étaient
battus côte à côte et voulaient encore se battre pour la

libération de leur pays. Nous y sommes restés deux jours et deux nuits. Le troisième jour sous la protection d'autres jeunes combattants armés, nous sommes partis au nord de l'Irak. Ceci dit c'est eux qui nous ont proposé d'aller là-bas, dans une vallée entourée de hautes montagnes, à la rencontre des Izadis. Ils s'étaient enfuis de leur village et avaient trouvé refuge dans cette vallée. Nous y sommes arrivés le matin de bonne heure, le soleil se levait à peine. Nous avions roulé toute la nuit pour échapper à la vigilance des terroristes de Daesh. Au fond de la vallée un brouillard épais couvrait tout leur campement. Les voitures ne pouvaient pas y accéder. Nous avons dû descendre à pied en empruntant un petit chemin sinueux. Nos gardes qui étaient originaires des environs ont laissé les voitures sur place, les ont cachées sous des amandiers puis recouvertes de branchages. Nous avons marché environ une heure, le chemin était étroit et glissant à cause de la brume et de la fine pluie qui tombait.
Arrivés en bas nous avons trouvé leur cachette dans une grotte au flanc de la montagne. Ils nous attendaient, ils savaient que nous allions venir. C'était joli comme endroit, il y avait plein d'amandiers, de châtaigniers, quelques noyers et un minuscule ruisseau coulait au milieu de la vallée. Malgré un si bel endroit plein de fraîcheur, il n'y avait aucune joie. Dans chacun de leur regard on ne voyait que de la tristesse, un chagrin noir et que des interrogations : pourquoi ? Quand est-ce que ça se terminera ?

J'ai perçu ça dès les premières secondes, avant même les salutations. Ils nous ont accueillis très chaleureusement et malgré cette misère extrême, ils avaient préparé du thé et un petit déjeuner avec ce qui était à leur disposition. Nous leur avions apporté du thé, du sucre, des biscuits, de la farine, des conserves de viande, quelques médicaments et des nécessaires de soins de base ainsi que quelques vêtements et couvertures. Après les présentations, nous avons discuté de plein de choses jusqu'à midi. Beaucoup de leurs hommes avaient été tués par Daesh qui avait capturé aussi nombre de femmes et de jeunes filles pour s'en servir d'esclaves de toute sorte. Le peu d'entre eux qui avaient réussi à s'échapper s'étaient réfugiés dans cette vallée et avaient organisé une vie assez rudimentaire. Mais mon Dieu, quel état d'esprit ! Au début ils croyaient qu'on était envoyés par les Nations unis. Je leur ai dit que nous étions des universitaires et nous nous intéressions à eux, que nous étions venus les voir pour étudier leurs problèmes. Mais ils n'ont prêté aucune attention à qui nous étions et peut-être même ils n'y attachaient aucune importance. La seule chose qu'ils voulaient, c'était de parler d'eux et de leurs problèmes. Ils voulaient qu'on porte leur histoire et qu'on la fasse entendre.

Ils rêvaient d'un retour à la normale et d'une vie en paix et en sécurité chez eux, dans leur village. Nous nous sommes assis à côté de chacun d'eux, nous avons discuté et les avons tous filmés et pris en photo. Nous voulions repartir dans l'après-midi pour traverser les zones dangereuses dans la nuit mais ils nous ont demandé de rester pour participer à un mariage le soir. Les docteurs Berry, Olssen et moi, nous n'en croyions pas nos oreilles ! Un mariage, dans ces circonstances ? Il concernait une jolie jeune fille de dix-huit ou dix-neuf ans et un garçon de vingt ou vingt-et-un an qui s'aimaient déjà avant ces évènements. Le garçon était un des défenseurs du village et un des rares rescapés masculins. Et ce soir-là c'était leur mariage. Nous avons accepté avec joie.

Ils ont formé un cercle au centre duquel ils ont allumé un grand feu, ils ont étalé des couvertures par terre et tout le monde s'est assis ensemble. Ils ont commencé à préparer du gibier, des lapins et deux oiseaux qu'ils avaient chassés je ne sais quand. Ils ont fait aussi du riz dans une grande casserole en cuivre.

La mariée portait une chemise rouge et une couronne confectionnée de fleurs blanches. Le marié s'était apprêté en se rasant et se coiffant soigneusement. Il portait un gilet rouge sur une chemise blanche et un pantalon en jean. Vu la situation ils étaient tous les deux magnifiques. Ils les ont fait asseoir sur un tronc d'arbre et un vieil homme a procédé à la cérémonie traditionnelle et les a déclarés mari et femme. À cet instant tout le monde a laissé éclater sa joie et la fête a commencé par des danses. Le gâteau de mariage c'étaient les quelques biscuits que nous avions apportés. Leur danse de groupe en cercle était splendide. Nous les avons rejoints dans le cercle, main dans la main et nous avons dansé au son du ney et du daf, et quelle danse !

Dans la soirée nous nous sommes tous assis ensemble. J'étais assise à côté d'une vieille dame, elle s'est tournée vers moi et a dit quelque chose. J'ai demandé aux accompagnateurs de traduire :

« C'est la première fois depuis des mois que nous avons oublié notre chagrin et que nous sommes tous réunis. Que Dieu puisse mettre rapidement fin à ce bain de sang.»

Pour la consoler j'ai pris sa vieille main que j'ai serrée en la regardant dans les yeux et remué la tête en signe d'approbation et de compréhension en tentant de sourire. Mais au fond de ses yeux une désolation et une souffrance profonde étaient bien visibles. Je ne pourrai jamais oublier ce regard qui portait tout le poids des malheurs du monde et la nostalgie d'un passé révolu, les enfants, les amis, leur maison, leur pays : leur vie d'avant perdue à jamais.

Elle ne m'a pas répondu mais son seul regard et son silence m'ont fait ressentir mon incapacité à comprendre tout cet océan de dévastation qui la submergeait.

Vers minuit nous les avons remerciés pour leur accueil et fait nos adieux avant de repartir. Depuis cette nuit le visage et le regard de cette vieille femme sont sans cesse devant mes yeux, gravés à jamais dans mon esprit.

Tu t'es tue, tu as tourné ta tête vers le fleuve et fixé d'un regard triste l'eau qui s'écoulait calmement dans la lumière de la pleine lune. Des vagues de larmes de chagrin ont inondé ce regard sombre. Comme d'habitude, je tenais ta main dans la mienne, je l'ai serrée doucement et je t'ai proposé d'aller nous asseoir sur un banc. Tu m'as répondu : « Descendons au bord de l'eau, c'est mieux, allons nous asseoir là-bas. »

Nous avons emprunté en silence les escaliers jusqu'au bord du fleuve puis nous nous sommes assis sur un banc. Ton regard triste n'a pas quitté l'eau qui s'écoulait. Bien conscient de ton chagrin, je t'ai demandé avec inquiétude :

> « Adèle, tu as fait autant d'efforts et apporté autant d'aide que tu pouvais, Il faudrait à présent penser un peu à ta propre santé et surtout à celle de l'enfant que tu portes ! Il ne faut pas te négliger, soit plus indulgente avec toi-même, je suis inquiet. »

Tu m'as regardé et porté ta main caressante sur ton ventre et tu m'as répondu :

> « Moi je vais bien, le bébé aussi, ne t'inquiète pas, il est comme moi, patient. »

Puis tu as ri.

CHAPITRE 3

La jeune femme a ralenti la cadence de ses pas. Arrivé à sa hauteur, elle me demande :

« C'est la première fois que vous voyagez dans ce type de train ?

- Non, ça fait un moment que je l'utilise. Mais tous les trains allemands ne sont pas vieux comme ça ! Ils ont aussi des trains ultramodernes.

- Mais c'est plus cher !

- Pas tant que ça.

- Vous les prenez souvent ?

-    Avant je ne voyageais pas souvent mais depuis le décès de mon épouse je suis seul et je ne tiens plus en place. Je voyage davantage, je vais aux endroits où j'allais avec elle. J'essaie de passer le temps en voyageant et en me remémorant des souvenirs.

-    Elle est décédée ?

-    Elle a été assassinée au Bataclan, à Paris.

-    Au Bataclan, lors de l'attentat ?

-    Oui.

-    Ô mon Dieu ! Je suis vraiment désolée. »

Les yeux de la jeune femme se sont brusquement remplis de tristesse. Elle s'est arrêtée un instant et m'a regardé. Elle a posé sa main sur mon épaule qu'elle a serrée en signe de solidarité et de compassion. Puis elle a tourné le regard vers les quelques femmes et enfants qui s'approchaient au loin.

On meurt toujours à cause de son point faible. C'est toi qui a dit ça le jour où nous discutions de la mort. Tu as insisté, tu l'as même répété. Ta voix résonne encore dans mon esprit. Tu n'es plus là, on t'a ôté la vie au Bataclan et ceux qui ont fait ça, qui se revendiquent comme fervents croyants, ignorent que toi et beaucoup de ceux qui sont tombés ce soir-là, vous aviez le cœur et l'âme remplis d'humanité donc d'amour du divin et étiez de ce fait infiniment plus croyants qu'eux.

Si tu avais un point faible, si l'on peut le considérer ainsi, c'était bien ça : l'amour des humains et de tous les êtres vivants, rien que ça ! Mais moi je considérerais cela, et je le crois toujours, comme une force incroyable chez toi. Oui mon amour, c'est ta force qui t'a tuée.

Arrivée au quai numéro 2, la jeune femme a posé sur un banc le sac qu'elle portait à l'épaule. Elle a regardé autour d'elle et a dit :

« Il reste encore dix minutes avant l'arrivée du train. »

Je me suis assis sur un banc et elle s'est assise à côté de moi. Je regardais les rails parallèles, que la perspective faisait se joindre tout au loin.

Elle m'a fixé du regard. Elle semblait sur le point de dire quelque chose mais voyant mon silence, elle s'est ravisée et a détourné le visage.

Son regard et ses gestes ressemblent aux tiens. Cela me rappelle des années auparavant, lors du mariage de mon ami Pierre et de ta copine Christine. C'est là où nous nous sommes rencontrés. Leur mariage était très simple mais que de chaleur et d'humanité. J'ai eu beaucoup de chance et de bonheur ce jour-là. Je dis bonheur de tout mon être. Tu représentais le bonheur et la beauté dans ma vie.

CHAPITRE 4

Pierre Vincent est mon ami de longue date. Nous étions au lycée ensemble et dès cette époque il avait choisi de poursuivre la voie de sa passion, la même que son père, devenir pilote. Bien entendu pilote civil et non militaire. Il aimait piloter les avions qui volent toujours très haut, par-delà les nuages. Il voulait piloter les avions cargos qui volent souvent à plus de quarante mille pieds, là où l'atmosphère est moins dense et les avions peuvent franchir les continents. Pierre avait déjà fait un voyage avec son père à Pékin et racontait cette expérience avec enthousiasme ; comment il voyait les nuages de très haut dans un ciel parfaitement limpide et sans tache, un bleu absolu sur un horizon infini de tous les côtés. Après son bac et ses classes préparatoires il avait été reçu à l'École nationale de l'aviation civile et il était devenu pilote. Il est maintenant commandant de bord, gagne bien sa vie et vit dans un grand appartement à Paris avec sa famille.

Je n'ai jamais accepté les critiques de Christine envers Pierre. Pierre est quelqu'un de très simple. Je sais que dans sa vie privée, dans ses relations avec son épouse et ses enfants, il est pareil. J'ai connu Pierre et sa famille au lycée, dans les premiers mois de mon arrivée à Paris. J'étais seul, dans un pays inconnu, et je faisais beaucoup de fautes de français. C'est une langue difficile, mais je l'ai apprise en à peine quelques mois. Les premiers jours à l'école, je me rappelle, pendant les cours je me mettais près du mur, isolé. C'était pareil pendant les récréations, je restais seul dans un coin. À l'extérieur de l'école, quand j'allais marcher ou me promener, j'étais seul, à la bibliothèque, j'étais seul. Pierre, son frère jumeau et sa sœur étaient des enfants extrêmement gentils, bien élevés et très brillants. Pierre avait remarqué ma solitude et mes difficultés à m'exprimer. Je ne sais plus, si c'était le deuxième ou le troisième jour, il est venu se présenter avec le sourire et m'a demandé pourquoi je restais à l'écart. Je n'oublierai jamais son ouverture d'esprit et son humanité. Je me suis présenté et j'ai dit que je venais d'arriver, que je ne connaissais pas grand monde et que j'avais du mal à m'exprimer.

Il m'a dit :

> « Non, tu parles bien, viens, je vais te présenter aux autres et nous allons t'aider. »

Depuis ce jour-là nous sommes toujours restés ensemble. Pierre et sa famille m'ont beaucoup aidé à maîtriser le français et à apprendre mes leçons. Je n'oublierai jamais leur aide. De temps à autre je me rendais chez eux où j'étais toujours accueilli à bras ouverts par toute la famille, je n'oublierai jamais.

À l'école nous étions toujours ensemble, puis chacun a suivi son chemin. Pierre est entré à l'École nationale de l'aviation civile et moi je suis parti faire des études d'architecture à Lyon mais nous sommes restés toujours en contact.

Le jour où Pierre a rencontré Christine, il m'a appelé et m'a raconté son aventure. Ses intonations et son débit verbal m'ont fait comprendre qu'il était amoureux et avait probablement trouvé la partenaire de sa vie. Je lui ai dit ce que je pensais, il a ri et m'a répondu qu'il n'avait pour le moment aucune intention de se marier. Trois mois plus tard, au début du printemps il m'a appelé et m'a annoncé son mariage avec Christine et m'y a invité avec insistance.

Ce fut une fête fantastique, organisée dans la maison de campagne des parents de Christine près de Versailles. Et moi, quelle chance j'ai eu de te rencontrer. Je suis arrivé à la fête en début de soirée. Tôt le matin j'avais pris le train de Lyon pour Paris où je suis arrivé au milieu de la matinée. Je me suis rendu chez des amis, un Turc qui s'appelait Ourhan et un Arménien, Girierc Karmenian. Ils vivaient en colocation dans un petit appartement de trois pièces : deux chambres, un salon, une minuscule cuisine et des sanitaires vétustes près de la porte d'entrée. Ils avaient chacun leur chambre ; je me suis alors installé dans le salon et j'ai casé mes affaires dans un coin à côté du canapé où je devais manifestement passer la nuit. Ça n'avait pas d'importance. Je les avais avertis de mon arrivée et ils m'attendaient. Pour moi le plus intéressant c'était de voir, très loin du monde absurde de la politique et des considérations nationalistes ou raciales débiles, un Arménien et un Turc qui étaient devenus amis et qui partageaient le même toit.

Après un moment de discussion et de plaisanterie, ils se sont plaints de Pierre :

« Pourquoi il ne nous a pas invités, on serait venus avec toi et on aurait bien rigolé ensemble ».

Je me disais que c'était vrai mais je n'avais pas de réponse. La suite des évènements m'a fait comprendre que s'ils étaient venus, je ne t'aurais probablement pas rencontrée. Giriere m'a demandé :

« Comment tu comptes t'habiller ? »

Je lui ai montré un ensemble décontracté que j'avais préparé.

« Mais non, ça c'est bien pour une soirée décontractée, pas pour un mariage et une soirée, m'a dit Giriere. Tu auras plus de chance d'emballer une fille si tu t'habilles convenablement. »

En rigolant je lui ai dit que ça allait très bien comme ça, mais avec insistance il m'a fait comprendre sa désapprobation. Finalement j'ai accepté son objection. Il est vrai que Pierre était un grand ami et je souhaitais aussi être le plus présentable possible.

Nous avons alors déjeuné ensemble puis nous sommes partis acheter un costume plus convenable. Ourhan m'a emmené chez une de ses connaissances. J'ai choisi un superbe ensemble trois pièces bleu nuit, assorti d'une belle chemise. Je me sentais très bien dedans et je faisais très beau gosse, mais ça, c'est toi qui me l'as dit.

Une fois rentré à l'appartement, j'ai pris une douche, je me suis rasé et coiffé. Giriere s'est tellement moqué de moi qu'il m'a mis en retard. J'ai alors pris un taxi. Mais du 11ème

arrondissement de Paris jusqu'à Versailles avec tout le trafic, j'ai perdu encore deux heures.

Une fois sur place Pierre est venu m'accueillir :

> « Mais qu'est-ce qui t'est arrivé ? Nous étions inquiets.
>
> - Je suis vraiment désolé mais je suis arrivé à Paris vers midi, le temps de me préparer, je me suis mis en retard. »

Je lui ai présenté mes excuses en lui offrant le gros bouquet de vingt-et-une rose rouge, roses et blanches, garni de petites feuilles vertes, que j'avais acheté.

Pierre m'a remercié.

> « Merci Nader, c'est magnifique, je vais te présenter à Christine et tu vas lui donner le bouquet toi-même. »

Il m'a pris par le bras et m'a entraîné vers elle et son groupe. C'était une fille mince, aux yeux noisette. Mais tu n'étais pas dans ce groupe. Tu étais avec quelques-uns de tes amis en train de discuter au bord de la piscine. C'était une soirée de printemps, il faisait très beau et frais, c'était très agréable.

Au moment du dîner en entrant dans la maison, nous nous sommes croisés en bas des escaliers et nous avons échangé un regard insistant suivi d'un sourire. La vue de ton visage plein d'amabilité a provoqué en moi un frisson. C'est vraiment ce qu'on appelle un coup de foudre, une vague de bien-être et d'ivresse qui traverse le corps, un besoin irrépressible d'aller vers l'autre, celle que j'avais cherchée toute ma vie, une fille élancée, délicate, aux cheveux châtains avec quelques mèches dorées et des yeux verts, un hymne à l'amour. Tu portais une tunique longue de couleur bordeaux qui soulignait les formes envoûtantes.

Nos regards sont restés mêlés un instant, je t'ai saluée. Tu m'as répondu poliment et nous nous sommes croisés. Quelques marches plus haut je me suis arrêté et retourné vers toi. J'avais envie de me présenter mais je cherchais l'aide de Pierre. La voix du maître de cérémonie, nous invitant à table est venue à mon secours et profitant du hasard je me suis placé juste à côté de toi. Les règles de bienséance obligeante, j'ai tiré la chaise pour toi. Tu m'as poliment et brièvement remercié. Pierre assis de l'autre côté de la table et qui s'était aperçu de l'intérêt que je te portais, s'est penché vers toi :

> « Adèle, Nader est mon ami, il est architecte et c'est un grand artiste comme toi. »

Ensuite il m'a regardé :

> « Nader, Adèle est une copine de Christine. C'est exactement le genre de fille qu'il te faut, ne rate pas l'occasion ! »

Tu as ri. Nous nous sommes assis, ton regard amusé a balayé mon visage. Puis tu as cherché à en savoir davantage :

> « Alors tu t'appelles Nader ?
> - Oui, Nader.
> - Nader.
> - C'est un prénom facile à prononcer. Mais beaucoup m'appellent par mon second prénom, André. Si tu préfères, tu peux m'appeler André.
> - Non, Nader c'est bien, ça me va. Alors tu es architecte ? C'est un super métier, ça stimule l'imagination.
> - Oui, on peut laisser libre cours à son imagination et introduire des idées nouvelles, mais la mise en œuvre de certaines idées est difficile.

- Pourquoi ?
- Il faut réaliser tes idées et tes projets. Il faut un soutien, un appui, une protection. Il faut que ton projet soit choisi et accepté, qu'un budget soit alloué pour que tu puisses passer à la réalisation. Ceci dit, je ne suis qu'un jeune architecte, diplômé depuis seulement un an, donc je n'ai pas encore eu l'occasion de faire valoir mon travail. J'ai toujours travaillé pour financer mes études et c'est pour ça qu'elles ont traîné un peu en longueur. J'ai ouvert un cabinet et je me suis présenté à quelques entreprises. J'attends encore des réponses. »

Je parlais avec enthousiasme sans discontinuer et je ne me rendais pas compte de mon bavardage et de mon exaltation manifeste. Toi tu t'en rendais bien compte et avec ton sourire enjoué, tu m'as interrompu :

« Mais il faut être un peu patient ! Il est difficile de trouver du travail comme ça à Paris, il y a beaucoup de concurrence.
- Mais je ne suis pas à Paris !
- Alors tu es où ?
- À Lyon, j'y ai étudié et j'y habite.
- Oh, je pensais que tu avais fait tes études ici. Moi j'étais à la Sorbonne.
- Tu as étudié quoi ?
- Les sciences humaines.
- Alors tu habites ici ?
- Non, pas du tout, je suis à Clermont-Ferrand.

- Ah oui ? À Clermont-Ferrand ?
- Oui, j'en suis originaire, j'y suis née, en Auvergne, la vraie France ! C'est très beau et paisible.
- Oh ! C'est vrai, c'est une belle ville.
- Tu y es déjà allé ?
- Oui, quelques fois, j'ai fait une fois une randonnée avec des amis sur la chaîne des Puys. C'est une belle ville.
- C'est aussi la ville des amoureux et de la philosophie.
- Amour et philosophie ?
- Bien sûr, c'est la ville de Pascal. C'est ma ville !
- Oh, toi aussi tu es une intellectuelle ?
- Disons intellectuelle et aussi… »
-

Tu as commencé cette phrase avec une joie et une fierté particulières mais tu ne l'as pas finie. Alors je l'ai complétée à ma façon : intellectuelle, belle et amoureuse !
Tu t'es tournée vers moi, ton regard soutenu décuplait ton charisme et ta beauté :
« Non, ni amoureuse, ni belle, juste Adèle ».

Tu as détaché ton regard et baissé la tête, sans savoir l'amour que tu avais inoculé dans mon être. J'avais envie de t'avouer sur le champ que l'amoureux c'était moi.
Nous avons dîné côte à côte, discuté, ri et dansé toute la soirée.
Quand j'ai voulu t'inviter à danser et que j'ai pris ta main pour la première fois, j'ai ressenti un léger frémissement dans ta main, tu as rougi, ton regard était plein de tendresse et tu n'as rien dit, tu m'as laissé garder ta main.

Oui, notre amour a commencé comme ça, que de la joie et de l'amour. Tout s'est passé si vite, les jours heureux sont toujours trop courts. Pourquoi la vie nous impose-t-elle ces épreuves ?

Nous nous sommes rencontrés puis mariés trop tard. Je le pense toujours, si on a la chance de rencontrer l'amour, il faudrait qu'il arrive le plut tôt possible dans la vie.

Le lendemain du mariage de Pierre, nous nous étions donnés rendez-vous à dix-sept heures, place de la Bastille. Depuis le matin j'étais haletant de voir le temps passer vite et du désir de te rencontrer à nouveau. Alors à seize heures j'ai pris le chemin de la place de la Bastille et j'étais au point de rendez-vous avec une demi-heure d'avance. Quand tu es descendue du taxi, tu étais encore plus belle que la veille et particulièrement élégante et très classique. Tu portais un pantalon bleu marine avec une chemise marinière blanche, un chapeau de paille à bord large, entouré d'un ruban parme pâle au niveau de la cloche et des lunettes de soleil. Mais par-dessus tout il y avait ton sourire. Depuis le matin je m'imaginais tous les scénarios, comment tu allais être habillée ou de quoi nous allions parler et bien d'autres choses...

Giriere, mon ami arménien, qui était plus âgé et plus expérimenté que moi, trouvait toute cette excitation normale. Surtout que c'était la première fois que je m'attachais réellement à une fille.

Il m'a dit :

> « Contrôle tes sentiments, fais attention à ce que tu dis et sois conscient de la valeur de cette rencontre. »

Il m'a conseillé aussi sur la manière de m'habiller, une veste noire en lin, un pantalon gris, une chemise bleue et un foulard en soie. Giriere m'a toisé :

> « Tu es un beau gosse, habille-toi toujours chic et impeccable, pour qu'elle sache l'importance que tu lui accordes. »

Ourhan, très agacé, m'a brocardé ;

> « Regarde-moi ça ! C'est pas juste, ça fait des années qu'on traîne à Paris, on n'a même pas trouvé une copine, lui il débarque un soir et se trouve une amoureuse. Tu parles de chance dans la vie ! »

Ensuite il m'a tendu sa carte de crédit ainsi qu'un papier sur lequel était inscrit le code.

> « C'est très gentil de ta part mais j'ai assez d'argent.
> - Ce n'est pas un problème, il vaut mieux en avoir plus que pas assez ! Garde la carte. Peut-être que tu voudras lui faire un beau cadeau ! Ce n'est pas bien de manquer d'argent dans ces circonstances. »

Maintenant que tu n'es plus là, je pense à ce jour d'exaltation des sens et d'union, le jour du contrat d'amour. J'ai l'impression que tout n'était qu'un rêve éveillé et toi la fée d'amour dans cette vision. Tous mes sens étaient en émoi en t'attendant à la place de la Bastille. Quand tu es arrivée, ton beau sourire laissait aussi entrevoir ton excitation mais toi, tu semblais la contrôler mieux que moi.

Nous avons marché un moment le long du canal Saint Martin sous les arbres et nous avons parlé du mariage de Pierre et de Christine. Je t'ai demandé si tu avais envie de manger quelque chose. Tu m'as dit préférer marcher tranquillement ensemble dans les rues calmes et discuter, se connaître et que si nous rencontrions un bar ou un restaurant à notre goût nous irions nous y installer. Le restaurant n'avait pas d'importance pour l'instant.

J'ai trouvé ton comportement plein de sensibilité et de délicatesse et tes paroles très réfléchies. C'est ce qui m'a le plus impressionné et séduit. Nous nous sommes dirigés vers une petite rue très arborée, où se trouvait un petit salon de thé. Un grand châtaigner projetait son ombre au sol et créait une atmosphère paisible. C'était un lieu raffiné et il y avait peu de monde. Une petite terrasse en bois précédait l'accès à la porte d'entrée. Un homme charmant d'un âge certain, qui semblait être le propriétaire des lieux, est venu à notre rencontre et nous a guidés vers une table du côté droit, derrière la fenêtre. Il s'est empressé d'orner notre table de quelques fleurs blanches et roses disposées dans un vase en cristal. Il nous a confié la carte avant de s'éloigner.

Tu n'avais pas très faim. Tu as commandé une petite pâtisserie et un café. Je t'ai imitée. Tu m'as parlé de toi, de ta famille, de tes amis, de tes rêves.

En fin de soirée, nous avons échangé nos coordonnées et avant de nous dire au revoir tu m'as dit que tu aimerais avoir de mes nouvelles et surtout me voir à Clermont-Ferrand.

Quelques mouettes se sont introduites dans la gare et se bagarrent avec deux pigeons sur un quai pour des miettes de pain tombées du sandwich d'un garçonnet. Quelques autres pigeons sont perchés au-dessus d'un lampadaire.

Je m'adresse à la jeune femme sans détacher mon regard de cette scène :

> « Ah, si nous pouvions être libres comme ces oiseaux et nous envoler à notre gré. »

Elle me répond en riant :

> « Bien entendu, mais pour trouver de quoi manger nous serions obligés de descendre par terre. Et une fois au sol, nous serions amenés à nous battre pour manger et au bout du compte ce serait le plus malin et le plus fort qui gagnerait.

- Oui mais c'est la nature même de la vie ; non seulement les oiseaux mais quiconque ne travaille pas, ne se bat pas, finit affamé.
- Certainement, mais ils ne s'entretuent pas comme les humains.
- Ce n'est pas certain, peut-être qu'ils ne le peuvent pas ou ils n'y pensent pas ou alors ce n'est pas dans leur instinct, car les animaux agissent par instinct et chassent alors d'autres animaux.
- Oui, mais jamais leurs semblables !
- Si, certains peuvent pratiquer le cannibalisme, c'est leur l'instinct.
- Mais agir par instinct est dangereux.
- Non ce n'est pas plus dangereux que d'agir d'après ses opinions et après réflexion. Cela devient catastrophique si vous mêlez, instinct, opinion et fanatisme. »

Le croisement spontané de notre regard semblait approuver nos pensées mutuelles. Mais avant qu'elle n'entame une autre phrase, je lui dis :

« Peut-être que c'est cela la bonne voie, obstination et bataille comme une vérité de l'existence dans la concurrence pour la préservation de l'espèce. Mais entre les humains, quelle préservation de l'espèce ? »

Après un instant de réflexion, elle répond :

« Je pense qu'entre les humains aussi la problématique de la préservation de l'espèce existe, mais se manifeste sous différentes formes, les opinions, les religions ou même l'appât du gain.

-   Oui, certainement mais à notre époque, c'est davantage pour la domination.
-   La domination ?
-   Oui.
-   Donc la domination aussi est une sorte de préservation de l'espèce.
-   Oui.
-   Donc les humains aussi, comme les oiseaux veulent avoir plus à manger, à posséder.
-   Oui. »

Elle réfléchit de nouveau en observant les oiseaux avant de poursuivre :

« Mais je ne pense pas qu'il faille être aussi pessimiste. Nous pouvons construire un monde meilleur.
-   Je l'espère. »

La jeune femme parle calmement, ses mouvements me font penser à toi. Toi aussi tu parlais toujours calmement avec un sourire qui ne disparaissait jamais du coin de tes lèvres. Tu abordais toute chose et tous les problèmes d'une manière positive et avec sensibilité. C'est ce que je n'avais plus, moi.

CHAPITRE 5

Après ton assassinat au Bataclan je me suis retrouvé soudainement et terriblement seul, sans espoir et je me suis isolé. Pendant longtemps je n'ai pas pu croire que tu avais été tuée. Lors de tes déplacements tu ne sortais pas souvent au restaurant, au cinéma, au concert ou au théâtre. Tu mangeais habituellement au restaurant de l'hôtel ou au self-service de l'université, à moins d'avoir été invitée. Quand tu étais à Paris, tu n'avais qu'une seule hâte, finir ta mission et rentrer à la maison. Cette fois-là devant l'insistance de Suzanne, tu es allée au concert de rock d'un groupe américain.

Suzanne était une de tes copines de lycée. Apprenant que tu te trouvais à Paris, elle avait absolument voulu te voir et t'inviter à ce concert. Cet après-midi-là tu m'as appelé, tu hésitais à y aller. Tu m'as demandé mon avis :

> « J'ai envie de voir Suzanne mais pas particulièrement d'aller à un concert, qu'en penses-tu ? »

Je savais que le rock métal n'était pas vraiment ton genre musical favori. Je me suis dit que peut-être tu voudrais y aller pour faire plaisir à ton amie, alors je t'ai répondu :

> « C'est toi qui décides, mais…
> - Mais quoi ?
> - Mais tu n'es jamais allée à un concert de rock métal, va voir, va écouter, c'est l'occasion de faire quelque chose que tu ne ferais pas spontanément toute seule.
> - Oui, tu as raison, je vais y aller. »

Je m'en veux d'avoir prononcé cette phrase qui a levé ton hésitation. Tu devais rentrer le lendemain. Tu allais à Paris uniquement pour ton travail, pour aller à la Sorbonne ou à des rencontres-débats mais rarement pour autre chose. Tu rentrais tout de suite après à Clermont-Ferrand. Et le jour où nous avons décidé de partager notre vie et que tes projets de recherche ont été acceptés par l'université de Lyon, tu es venue t'installer chez moi. En riant tu disais :

> « Et maintenant il est temps de penser au mariage et à faire des bébés. »

En parlant de bébé, tu tournais le regard vers moi suivi d'un sourire puis tu t'approchais pour coller ton front contre le mien et me demander :

> « Toi aussi tu as envie d'un enfant, non ? »

Puis tu attendais un baiser avant de répéter :

> « Seulement un, d'accord seulement un, une fille, je sais que tu aimerais avoir une fille.»

Entendre mon rire, signifiait pour toi une réponse positive. Je ne savais pas que tu allais partir si vite avec notre bébé dans le ventre.

La jeune femme demande :

« Vous allez rester longtemps à Copenhague ?

- Trois ou quatre jours, je pense.

- Copenhague est une grande ville. Ça demande bien plus que trois ou quatre jours pour visiter les endroits intéressants.

- Oui, mais je n'y vais pas pour faire du tourisme. Je vais participer à une cérémonie organisée par l'université de Copenhague en souvenir de ma femme. Et il faut aussi que j'apporte ses notes et ses travaux aux autres membres de l'équipe de recherche.

- L'équipe de recherche ?

- Oui.

- Elle faisait de la recherche ?

- Oui.

- Dans quel domaine ?

- Les sciences humaines, les langues et les musiques du
monde. Que vous dire, elle aimait les êtres humains.
Avec ses collègues, elle travaillait pour les réfugiés et
les déplacés de guerre.

- De la recherche sur les réfugiés de guerre ?

- Oui.

- A-t-elle fini ses travaux ?

- Non, juste une partie, tout le reste est inachevé.

- Quel gâchis ! »

CHAPITRE 6

Montpeyroux, c'est le village de tes grands-parents, situé au sommet d'une montagne à une vingtaine de kilomètres de Clermont-Ferrand. Le village domine des étendues verdoyantes entourant les flots de l'Allier et la route qui le relie aux communes adjacentes. Sur la route avant le village il y a un vieux chêne au pied duquel se trouve le rocher sur lequel tu aimais t'asseoir et admirer les paysages des plaines. Avant notre mariage, les quelques fois où nous nous sommes rendus chez tes grands-parents, Louis et Charlotte, tu me faisais arrêter la voiture au pied de ce rocher et tu observais l'horizon pendant de longues minutes.

Je ne savais pas et tu ne m'as jamais dit ce que cet horizon lointain signifiait pour toi. Mais je pense qu'il t'absorbait profondément et te révélait une certaine vérité inatteignable et les non-dits de ton cœur.

Le jour de notre mariage, dans l'après-midi, nous étions assis à l'arrière de la voiture de ton frère, Alfred. Comme d'habitude, dès que nous sommes arrivés à ce rocher tu as demandé à Alfred de garer sa voiture. Il a obéi et les autres nous ont imités. Tu m'as pris par la main et entraîné vers le vieux chêne et le rocher, et tu m'as demandé de poser ensemble pour une photo avant d'ajouter en riant :

 « Si nous avions pu célébrer notre union ici même ! » Ta silhouette dans cette robe blanche, ton visage surmonté d'une couronne et d'un voile blanc transparent, te donnaient une majesté et une innocence incroyables. Il m'est difficile de décrire la majesté de tous ces détails, tout ce que je peux dire c'est que c'était incroyable. La lumière du soleil en cette fin de journée imprimait à tes yeux la même couleur vert clair que celle des feuillages des arbres.

Mon regard s'était perdu en toi, j'étais incapable de m'en détacher, je ne voyais rien d'autre que toi. Quand tu t'en es aperçue, tu as ri et tu t'es jetée dans mes bras. J'ai compris à cet instant que celle que j'avais épousée, la femme à qui je vouais mon amour n'était comme aucune autre dans ce monde. Une femme toute acquise à la reconnaissance de l'amour que je lui porte.

Alfred, Christine, Pierre et les autres nous ont copieusement photographiés tous les deux ou avec d'autres amis. Pierre nous a dit en riant :

 « Quelle chance vous avez de vous marier à un endroit pareil, moi je n'ai pas eu cette chance. »

Tu t'es tournée vers Christine et l'as suppliée de ne pas trop râler aujourd'hui, puis en riant tu as dit à Pierre :

« S'il te plaît, refais un peu son éducation, enfin je veux dire, donne-lui une fessée. »

Pierre a obéi immédiatement en tapant sur les fesses de Christine :

« Voilà c'est fait. »

Puis il l'a embrassée. Après ces moments d'allégresse nous avons repris la route du village.

Ton père, tes grands parents, mes parents et ma sœur ainsi que beaucoup d'autres invités nous attendaient.

Ton père t'a prise par le bras et t'a entraînée vers la mairie où madame le maire nous attendait pour nous unir. Mes parents et moi, nous avons emboîté vos pas. Les amis, les membres de nos familles et quelques habitants du village se mêlèrent au cortège. À notre arrivée dans la salle des mariages, madame la maire nous a observés avec beaucoup de tendresse. C'était une dame d'un certain âge, elle portait avec prestance son écharpe bleu blanc rouge, sur un tailleur bleu nuit. D'un regard et d'un sourire affectueux, elle nous a invités à nous tenir debout face à elle et a demandé aux participants de faire le silence. Pendant le discours de la maire tu as gardé la tête et le regard baissés. Pendant la lecture des consentements des larmes de joie perlaient dans tes yeux. Je ressentais parfaitement tes émotions et j'attendais ce moment précis depuis toujours.

Dès qu'il a vu tes larmes, ton grand-père Louis, un homme bon et éclairé, s'est avancé derrière nous et d'un ton plaisant et amusé nous a ordonné de nous embrasser. Je me suis tourné et j'ai regardé mes parents, en riant aux éclats mon père m'a dit :

« Il faut embrasser la mariée, mon fils.»

Madame la maire a renchéri :

« Il faut vous embrasser ! »

Alors je t'ai embrassée et les cris euphoriques des invités ont inondé la salle.

Ma mère, selon nos coutumes iraniennes, s'est approchée de toi et t'a offert, de sa part et de la part de mon père, dans sa boîte, une parure d'or blanc, de design moderne, incrustée de diamants roses. Je savais que tu aimais les diamants roses et je les avais renseignés sur tes goûts. Tes remerciements sincères leur sont allés droit au cœur.

Je ne t'ai vue les porter que peut-être une ou deux fois, car tu connaissais leur valeur et tu me disais préférer les garder en souvenir du jour de notre mariage. Je savais aussi que tu n'étais pas très encline à porter ce genre de sophistication au quotidien, voire rarement. Tu aimais toujours t'habiller simplement mais élégamment et tu faisais attention à l'harmonie et à la cohérence de ta tenue. Tu inspectais ma tenue et à chaque fois que tu trouvais quelque chose pour moi qui te plaisait, tu me l'achetais.

Nous avons quitté la salle de la mairie sous les applaudissements et les hourras pour être accueillis à l'extérieur par un groupe de bourrée auvergnate et de villageois curieux venus en spectateurs. Nous nous sommes tous mis à danser ensemble devant la mairie. Même madame la maire nous a suivis. Le rythme de la musique et des chants a accompagné nos pas jusqu'à la salle que nous avions réservée non loin pour la suite de la fête. Le groupe a joué de la musique et nous avons chanté, dansé, mangé et bu, jusqu'à tard dans la nuit.

Nous, nous n'avions rien préparé pour cette fête, c'était tes grands-parents qui avaient tout organisé. Pas mal de gens du village avaient aussi prêté main forte de bonne grâce. Quelle cérémonie simple mais grandiose à la fois, c'était tellement plein humanité.

J'ai mis sur le bureau nos photos avec toi en robe de mariée, assise sous le vieux chêne. Je ne peux pas croire que tous ces moments se soient évanouis à jamais.

CHAPITRE 7

Six mois, plus exactement six mois et dix jours se sont écoulés depuis ton assassinat. Je ne me suis pas encore habitué à ton absence, je ne peux toujours pas croire que tu n'es plus là. Depuis ces derniers six mois je tente de passer le moins de temps possible chez nous à Lyon. Nos amis me laissent seul le moins possible, mais moi, je préfère être seul pour me repasser dans l'esprit, le film de mes souvenirs. Chaque jour dès que je sors du travail et que je rentre chez nous, je suis à l'écoute d'un claquement de la porte signalant ton retour, mais cela ne se reproduit jamais. Parfois je perds la notion de la réalité et j'oublie que tu n'es plus. Comme d'habitude je t'appelle, je te pose des questions et j'attends ta réponse avant de me rendre à l'évidence ; tu n'es plus de ce monde, depuis trop longtemps, et je pleure. Alors effrayé, je me réfugie dans un coin et je me laisse noyer dans ce chagrin…

Ta tasse à café dont la mare asséchée persiste encore au fond, les journaux que tu lisais, tes livres et tes crayons sont tous restés intacts sur ton bureau, devant ton écharpe en soie bleue toujours sur le dossier de ta chaise. Cette vision accompagne le parfum de ton existence qui inonde encore l'atmosphère. En aucun cas je ne toucherai à aucun de ces objets, je les laisserai tels qu'ils sont. C'est pareil pour tout autre objet qui me rappelle ton existence.

Tes amis et collègues de l'université de Copenhague m'ont averti qu'ils organisaient une cérémonie en ton honneur et pour le lancement de ton livre qui s'intitule *les liens culturels des peuples du monde*. Ils m'ont invité à y participer, je leur ai alors promis d'apporter tes notes afin de les lire en public. Ils m'ont promis en retour de les publier et de les diffuser telles quelles. Je suis maintenant en route pour Copenhague.

Je suis resté une douzaine de jours à Paris. J'avais loué un logement rue Crémieux, près de la bastille. C'est un bel endroit pittoresque, une rue pavée, calme, pleine de petites maisons d'un ou deux étages dont les habitants avaient l'air paisibles et ouverts de cœur et d'esprit. L'après-midi, pour rompre ma solitude, j'y trouvais de nombreux compagnons de discussion et d'échanges intellectuels. J'y serais bien resté si je n'avais pas eu d'objectif de voyage. J'ai passé mes journées à Paris à rêvasser et à me promener. Je me suis rendu à de multiples reprises devant le Bataclan, m'imaginant chaque fois tes derniers instants dans cette salle. L'après-midi en rentrant à l'appartement, je croisais mes nouvelles connaissances, habitants de cette rue, et je leur parlais de toi. Ils connaissent tous ton histoire et compatissent à mon chagrin. L'un d'eux, le plus empathique, m'invitait souvent à passer un moment chez lui, sur sa terrasse, jusqu'à tard dans la soirée, à écouter de la musique, à déguster des alcools et à fumer des cigares. À vrai dire je n'ai même pas vu passer ces deux semaines.

Je leur ai tous promis de revenir les voir chaque année et de passer quelques jours avec eux. Tu sais que grâce à toi, Paris, éclairé par la lumière de mes souvenirs de toi, de mon amour pour toi, a une autre beauté ?

Après ce séjour, j'ai pris le temps d'aller voir Alfred et Anna à Amsterdam. Anna avait insisté pour que j'aille passer quelques jours avec eux. Je devais rendre à ton frère le tableau qu'il avait laissé chez nous. Tu voulais l'envoyer par la poste mais tu n'en as pas trouvé le temps. Ce tableau, que ta mère avait peint pendant sa maladie quelques semaines avant son décès, présente une jeune femme assise seule au milieu d'une pièce et jouant du violoncelle. Derrière elle on aperçoit la lumière du soleil éclairer timidement une partie du mur; on lit une mélancolie profonde sur le visage de la jeune femme, ce que tu interprétais comme la souffrance de ta mère.

Tu disais que tu n'avais pas gardé beaucoup de souvenirs d'elle, en dehors des jours de souffrances dues à son cancer. Tu disais d'elle qu'elle était extrêmement attentionnée et prévoyante envers vous et malgré sa faiblesse et sa douleur, elle voulait toujours vous aider quand vous aviez un problème. Mais elle n'a pas pu faire comme elle le souhaitait. Tu avais douze ans et Alfred en avait sept quand elle a quitté ce monde.

Tu disais qu'après son décès, ton père toujours amoureux d'elle, avait été anéanti, alors malgré tout et du haut de tes douze ans, tu t'es occupée de lui, de ton petit frère et de toi, jusqu'à ce que tes grands-parents se rendent compte de la réalité de votre vie et que ton frère et toi alliez vivre chez eux dans leur village. Vos plus beaux souvenirs venaient de là.

Adèle, tu me parlais toujours de ce temps-là. Chaque fois qu'on allait au village, tu me prenais par la main et tu m'emmenais promener à l'atelier d'ébénisterie de ton grand-père, dans la vallée au vieux moulin abandonné qui servait de cachette et de lieu de jeux aux enfants. Tu me disais être restée à Montpeyroux jusqu'à la fin de tes années collège car par la suite ton père a décidé de vous récupérer chez lui, non sans réticence de ton grand père. En effet ton père avait repéré en vous des capacités qui ne pouvaient, selon lui, s'exprimer au mieux qu'une fois tous les trois réunis. Tu n'oubliais jamais ton petit frère malgré tes études prenantes à la Sorbonne. Tu rentrais chaque week-end à Clermont-Ferrand pour t'occuper de lui et de ses études, jusqu'à ce qu'il entre à la faculté d'odontologie. Ton père ne s'est jamais remarié et même s'il disait veiller sur ton frère, était en réalité encore immergé dans sa douleur et ne pouvait à tes yeux lui accorder le temps nécessaire. Je me suis rendu compte ces jours-ci de l'attachement profond qu'Alfred éprouvait pour toi. Il est toujours bouleversé de me revoir. Il n'arrive pas à réaliser que tu ne sois plus là. Il répétait constamment, pourquoi ça s'est passé comme ça, pourquoi elle ? Il pleurait. Tous les après-midi nous nous sommes promenés le long des canaux et dans les parcs, il m'a posé beaucoup de questions sur toi, il voulait encore en savoir plus, tes préoccupations, tes souhaits, tes désirs. Quand il a appris ta grossesse, il s'est littéralement effondré. En fait c'est Anna qui lui a appris ça et j'ai vu tout son corps trembler. Il est resté silencieux un long moment puis il s'est levé et est parti se réfugier sur le balcon, j'ai compris qu'il voulait cacher ses larmes. Quelques minutes plus tard quand il est revenu, il m'a demandé d'aller marcher avec lui. Il n'était pas fumeur et moi non plus, tu le sais, j'avais arrêté depuis longtemps. Mais depuis ton absence ce vice m'a repris. En marchant à chaque fois que j'allumais un cigarillo, il m'en demandait un. Il fumait d'un geste maladroit et compulsif. Il inhalait parfois la fumée puis la gorge irritée il toussait. Je me demandais alors s'il ne cherchait pas de cette manière une aide pour expulser de lui quelque chose qui le rongeait de l'intérieur, une nausée permanente qui encombrait sa poitrine et dont il ne savait comment se libérer. Le dernier jour, avant mon départ il m'a serré dans les bras et a pleuré quelques instants puis il m'a dit que ton absence le rongeait et m'a demandé de leur rendre visite plus souvent, pour que nous soyons tous moins seuls.

Adèle, je n'aurais jamais cru qu'un frère puisse porter à sa sœur un amour si entier : pur et sans tâche. Quand il m'a parlé de son enfance avec toi j'ai mesuré le fardeau qu'il porte sur ses épaules. Ton absence l'empêche de conclure le livre de cet héritage. Je ne sais pas, tout comme lui, comment il faut appeler cette aliénation, mélancolie, névrose ou tout ceci à la fois ? Parfois je l'ai entendu murmurer des phrases que j'avais entendues dans ta bouche et qui venaient en fait d'un vieux juif appelé Yosef qui habitait dans le village de tes grands-parents. Je m'en souviens bien.

C'était au mois de juin et nous pensions à notre mariage. Nous nous sommes rendus tous les deux à Montpeyroux pour que tu me présentes à tes grands-parents et que tu me fasses visiter le village. Nous y sommes arrivés en milieu de matinée. Ton grand-père, Louis, qui malgré son âge restait un homme solide et jovial, savait que nous allions venir les voir. Il nous attendait sur le pas de la porte avec ta grand-mère, Charlotte. Il m'a accueilli avec quelques plaisanteries teintées d'injonctions, m'intimant de te protéger, de t'obéir en toutes circonstances et de te vénérer amoureusement en toute déesse que tu étais ! Nous nous sommes assis et avons discuté une petite heure puis tu as proposé d'aller marcher un peu dans le village avant le déjeuner. Tu avais envie de me parler de tes souvenirs d'enfance dans différents lieux de Montpeyroux. Tu m'as fait d'abord visiter l'école où toi et Alfred aviez étudié. C'était un petit bâtiment avec une grande cour de récréation. Ensuite tu t'es arrêtée au milieu du village et tu as regardé intensément autour de toi. Tu semblais repasser devant tes yeux tous les jours passés là dans ton enfance. Un peu plus loin sur la place centrale, nous avons aperçu le vieux Yosef, un homme de petite taille, la silhouette fine, bossu et boiteux, s'appuyant sur sa canne. Il quittait son atelier, son échoppe de souvenirs. Il a sorti d'un geste lent et tremblant des clefs de sa poche et a fermé la porte avant d'avancer à petits pas, en boitant, vers la place. Plongée dans tes songes ou le regard absorbé par l'apparence fragile du vieil homme, tu m'as pris par la main en m'invitant à m'asseoir pour me raconter son histoire.
Ton regard suivait le vieux Yosef. Sans le quitter des yeux, d'un ton mélancolique et désolé, parfois honteux, tu as commencé à me raconter ce que tu connaissais de son

histoire, ce que ton grand-père t'avait raconté et ce que toi, Alfred et les autres enfants du village aviez fait subir à ce vieux malheureux.

CHAPITRE 8

Le vieux Yosef est seul. Il est menuisier de métier mais tient actuellement une petite boutique de quincaillerie et de souvenirs. Il fabrique des petites statuettes et des ustensiles de cuisine en bois. Il n'a pas d'enfant et depuis le décès de sa femme, il vit seul. Sa maison est au dessus de sa boutique. C'est un vieil homme sage, cultivé et généreux. Il a eu une vie pleine d'amertume et de souffrances. C'est pour ça qu'il parle souvent seul. Si tu t'assois à ses côtés, tu peux entendre tout ce qu'il dit. Il ne murmure que des mots de peine et de chagrin :

« Ah... , mais comment c'est arrivé, ça ? Qui t'a
blessée ? Qui t'a tiré dessus ? Mais qu'est-ce que tu
avais fait pour mériter ça ? Ah, si seulement on m'avait
tué avec toi... Mère, mère, pourquoi je ne suis pas
mort. »

Quand nous étions petits, nous entendions ces mots
murmurés inlassablement et nous nous en étonnions ; mais
avec qui parle-t-il ? Le seul mot qui suscitait pour nous des
interrogations c'était: mère. Nous savions qu'il n'avait
personne, qu'il était vraiment seul depuis le décès de sa
femme, alors nous ne comprenions pas pourquoi un vieil
homme de son âge appelait toujours sa mère.

On le croisait chaque après-midi en sortant de l'école, sur le
chemin de la maison. Il fermait toujours son magasin au
moment de la sortie des élèves. Il portait toujours la même
veste trop grande pour lui et il nous regardait passer, appuyé
sur sa canne. Puis il se dirigeait immanquablement vers le café
du village.

Un jour un garçon de ma classe, qui s'appelait Nicolas, a
dit que le vieux était fou. C'était un garçon très turbulent et il
était plus costaud que nous. Nicolas s'est mis à l'imiter en
courbant le dos et en boitant. Nous aussi nous nous sommes
tous mis à le caricaturer en le suivant. Le vieillard qui s'était
aperçu de notre manège en nous entendant rire, s'est
brusquement arrêté, a levé la tête et jetant un regard plein
d'amour et de tendresse sur nous, a dit d'une voix calme :

« Je vous souhaite de ne jamais avoir à courber l'échine
sous le poids du destin et à plier, comme moi, devant
les malheurs. »

Après avoir dit cela, il nous a regardés un par un avec beaucoup d'affection puis a secoué la tête et repris son chemin. Nous sommes tous restés silencieux et honteux. Un peu plus loin, après avoir fait quelques pas, interpellé par notre silence, il a compris que nous regrettions notre attitude. Il a fait demi-tour et est venu poser sa main sur l'épaule de Nicolas. Nous étions une douzaine, Yosef nous a tous invités à nous rapprocher et à nous mettre en cercle autour de lui. Il s'est assis sur le banc, sous un arbre et nous a dit :

« Savez-vous pourquoi je boite les enfants ? Pourquoi je suis seul et sans famille ? Non bien sûr que vous ne savez pas ! Vous n'êtes que des enfants, au cœur pur. Si vous vous amusez à me caricaturer, c'est pour plaisanter et vous distraire. Je suis convaincu que vous n'avez aucune mauvaise intention. Mais dites-moi, savez-vous pourquoi j'attends la sortie de l'école pour fermer ma boutique ? Pourquoi je vais toujours dans la même direction que vous vers le centre du village, pourquoi je vous regarde ? »

Sur ces mots il est resté silencieux un moment, en portant un regard ému et affectueux sur chacun de nous. Ne sachant que répondre, nous sommes restés silencieux. Puis en souriant il a poursuivi :

« Bien sûr, vous ne savez pas, je vais vous le dire. Il faut d'abord que vous sachiez pourquoi je boite. Moi aussi j'ai été un enfant comme vous et je suis allé à l'école. Ce sont les plus beaux jours de ma vie. Un jour je suis sorti de l'école en compagnie d'autres enfants et tout s'est arrêté, depuis je ne suis qu'un orphelin errant. Ce jour-là toutes les femmes du village étaient là, elles semblaient inquiètes et à mon grand étonnement ma mère n'était pas parmi elles.

Dès qu'elle nous a vus, Marie, la mère d'Akosh, un de mes camarades de classe dont la maison était à deux portes de la nôtre, nous a pris tous les deux par la main en répétant :

« Dépêchez-vous les enfants, courez, courez. »
Entre deux phrases, elle priait et demandait au Seigneur Jésus de nous venir en aide. Dans la famille d'Akosh, ils étaient tous de fervents chrétiens et entretenaient de bonnes relations avec nous, qui étions juifs.

Je ne comprenais toujours pas ce qui se passait, je ne comprenais pas cette inquiétude et cette peur, pourquoi nous faire courir, pourquoi ma mère n'était pas là.

Oh j'oubliais, je ne vous ai pas dit que je ne suis pas né en France mais en Hongrie. Je suis venu ici quand j'étais petit, au début de la seconde guerre mondiale, quand les Nazis ont envahi mon pays. Nous habitions dans un petit village du nom de Kalice, près de Budapest. Je ne sais pas ce que notre maison et notre village sont devenus. C'était un petit village, un peu comme Montpeyroux. Plus de la moitié des habitants étaient juifs. Mon père était agriculteur éleveur. Mais il était aussi doué pour la menuiserie et avec mes oncles, Michael et David, fabriquait un tas de choses. Les jours fériés je me rendais à leur atelier avec eux et malgré mon jeune âge, dix ou onze ans, j'avais déjà décidé d'en faire mon métier. Mes oncles fabriquaient parfois des statuettes. Mon père ne voulait pas que je fasse ce métier, il voulait que je fasse des études. L'aîné de mes oncles, David, qui n'avait pas d'enfant, aimait bien m'apprendre à travailler le bois et à utiliser ses outils.

Hitler a conquis facilement notre pays et en a fait son allié. Très vite nous avons dû affronter la peur et le manque de nourriture. Propriétaires de terres et de troupeaux ou pas, simples ouvriers, tout le monde avait peur. Moi, je ne comprenais pas tout mais j'entendais ce que disaient les autres, surtout les après-midi quand les gens du village se réunissaient ou qu'ils venaient voir mon père et mes oncles. Ils s'échangeaient les nouvelles de la guerre. Bientôt il s'est dit qu'on cherchait les juifs pour les envoyer dans des camps. Les nouvelles d'arrestations nous inquiétaient particulièrement. Le cadet de mes oncles, Michael nous disait qu'il fallait partir en Suisse très rapidement mais mon père et mon oncle David s'y opposaient.

Ils disaient :

> « Qu'est-ce qu'on va faire en Suisse ? De quoi nous allons vivre ? »

Ah, si seulement ils avaient un peu écouté leur jeune frère. Finalement ils se sont décidés à faire leurs valises et nous devions suivre mon oncle Michael, son épouse et leurs jumeaux. Ils sont partis et nous ne les avons plus jamais revus. Nous avons eu vent d'arrestations de juifs sur la route de l'exil, mais mon oncle et sa famille étaient-ils parmi eux ?

Dans les jours qui ont suivi le maire du village et un envoyé du gouvernement ont collé des affiches sur les murs, enjoignant aux juifs, selon la volonté des nazis, d'épingler l'étoile jaune de David sur la poitrine ou de la porter en brassard. Le lendemain quand ma mère a voulu épingler l'étoile sur ma poitrine, j'ai refusé. Mais elle a insisté en disant que c'était un ordre. Je lui ai demandé pourquoi ? Elle m'a répondu que nous étions juifs et que le gouvernement et les nazis nous y obligeaient.

Sur le chemin de l'école mon ami Akosh m'a aidé à l'enlever. Mais à l'école aussi quelque chose avait changé, le regard de certains de mes camarades chrétiens avait changé. À midi le directeur de l'école m'a fait appeler à son bureau. Il m'a gentiment demandé pourquoi je ne portais pas d'étoile. Je lui ai dit que ma mère l'avait épinglée sur ma poitrine mais que moi, refusant de la porter, je l'avais retirée. Le directeur, qui était un homme bienveillant, m'a dit :

« Moi non plus je n'aime pas ça mais le gouvernement nous l'ordonne, tous les juifs doivent porter cette étoile, donc toi aussi. Si tu veux porte-la à l'école et enlève-la en sortant.

Puis il a baissé la tête et l'a secoué en disant :

« Mais qu'est-ce qu'on va devenir ? »

Chaque jour les choses empiraient, et quelques jours plus tard, ce jour funeste, Marie la mère d'Akosh est venu nous chercher à la hâte. Arrivés devant leur

maison j'ai vu un camion de soldats nazis garé devant
la mienne. Ils avaient arrêté mon oncle, sa femme et
mes parents. Mon oncle et mon père avaient les
poignets liés et le visage ensanglanté. Quand j'ai vu de
loin mes parents malmenés et embarqués par les nazis,
je n'ai pas pu me contrôler. Marie tenait ma main
serrée dans la sienne et là, j'ai fait ce que je n'aurais
jamais dû faire, j'ai lâché sa main, j'ai couru vers mes
parents et je les ai appelés en criant. Je voudrais
vraiment n'avoir jamais fait ça. »

Le vieux Yosef a fini sa phrase et s'est effondré en pleurs. Il s'est
incliné et a posé sa tête sur le dos de ses mains supportées par sa
canne. Il est resté silencieux dans la même position plusieurs
minutes. Tous les enfants l'entouraient et le regardaient pleurer
en silence, pleins de tristesse. Quelques instants plus tard, il a levé
la tête et s'est excusé en s'essuyant les yeux puis a poursuivi :

« Ma mère que j'avais appelée plusieurs fois de suite
en criant, s'est retournée, m'a regardé avec stupeur,
puis s'est mise à courir dans ma direction en faisant
des gestes de la main et a hurlé :

« Va-t-en Yosef, va-t-en, retourne chez Marie. »
Soudain un bruit de rafale de mitrailleuse a retenti et j'ai vu ma
mère se faire transpercée de balles et s'effondrer à terre.
Une balle a touché le haut de ma cuisse gauche juste sous le
ventre et je suis tombé dans la rigole qui longeait la route, puis
je ne me souviens de rien.
Quand j'ai rouvert les yeux, je me trouvais dans une pièce sous
le toit, chez Marie. J'avais un grand pansement et le médecin
du village, qui lui aussi était juif, se tenait au-dessus de ma tête.

Il était resté caché pendant la journée et ne s'était déplacé qu'à la nuit.

Je n'ai pas pu me lever pendant plusieurs semaines et finalement j'ai dû renoncer à aller à l'école. Pendant ma convalescence j'ai demandé des nouvelles de mes parents à Marie, mais elle n'a jamais répondu à mes interrogations. C'est mon ami Akos, qui me rendait visite chaque jour après l'école et m'apportait des nouvelles de l'école et de la classe, qui m'a tout raconté : ma mère avait été assassinée par les nazis, elle était morte sur le coup et son corps avait été abandonné dans la rue. Les soldats, qui me croyaient mort aussi, ne se sont même pas approchés de moi. Mon père, spectateur de cette scène abominable, avait hurlé de douleur et de rage, il avait tenté de nous secourir mais avait reçu plusieurs coups de crosse de fusil à la tête et au visage et avait été embarqué dans un camion des nazis avec mon oncle, sa femme et d'autres juifs. Puis Marie m'avait emmené chez elle où le médecin était venu me soigner dans la nuit et ma mère avait été enterrée dans un cimetière juif.

Je suis resté chez Marie pendant plusieurs mois, jusqu'à la vente de notre maison. Avec l'argent récolté, j'ai été envoyé en Suisse en compagnie d'autres juifs. Je n'oublierai jamais la gentillesse de Marie et de sa famille. Je ne les ai plus jamais revus, ni même mon ami Akos et je ne sais même pas où il se trouve à présent. Je n'oublierai jamais tout ce qu'ils ont fait pour moi.

Je suis arrivé en Suisse en hiver, en compagnie d'autres juifs. Je ne connais même pas le nom de la ville. Après la frontière à cause de ma petite taille et de ma boiterie, ne pouvant suivre les autres à pied, on m'a mis dans un camion et emmené vers une gare dans une autre ville frontalière. J'étais le dernier à descendre du camion, je n'ai pas pu rattraper les autres et dans la gare j'ai perdu de vue tous ceux qui m'avaient accompagné. Un policier m'a interrogé mais je ne comprenais pas sa langue, alors il m'a montré un train et m'a fait monter dedans. Je ne me sentais pas bien, je me suis mis dans un coin du wagon et le train s'est mis en route. Au petit matin nous sommes arrivés à Berne et tout le monde est descendu du train. J'étais fatigué et somnolent et je ne savais absolument pas qu'il fallait aller me présenter à la police. J'ai suivi des gens qui se dirigeaient vers un autre train, sans que personne ne me demande quoi que ce soit, ni même mon billet, je suis monté dans un train qui m'a conduit en France sans que je le sache.

Arrivé à Paris, j'étais obnubilé, affamé et je ne savais pas où je me trouvais ni ce que je devais faire. Paris était sous l'occupation des nazis et les schutzstaffels : ces maudits SS et leurs complices étaient partout. Je ne savais vraiment pas quoi faire ni où aller. À chaque fois que je me dirigeais vers un voyageur, il me regardait avec étonnement se demandant ce qu'un petit éclopé pouvait bien faire là. Je ne sais pas si c'était la chance ou mon ange gardien qui a fait que mon chemin croise celui de deux Hongrois juifs d'un certain âge. Ils m'ont tiré par la main dans un coin et m'ont demandé ce que je faisais. Tout en pleurant de peur et de solitude, je leur ai dit que je ne savais même pas où j'étais.

> « Ils m'ont dit que j'étais en France, à Paris. Je leur ai dit que je voulais aller en Suisse, qu'on m'y avait envoyé avec un groupe depuis Budapest. Je leur ai expliqué d'où je venais, comment j'avais changé de train et perdu tous ceux qui m'accompagnaient.

Ils ont été très touchés par mon histoire et m'ont emmené avec eux. Je suis resté quelques jours à Paris. Puis l'un d'eux m'a emmené à Clermont-Ferrand. J'ai travaillé avec lui et son frère dans leur magasin d'alimentation, dormant dans l'arrière boutique, jusqu'à ce qu'un jour cet homme admirable me présente à un de ses amis, client du magasin, le bien nommé Benyamin, un juif qui habitait ici à Montpeyroux. Dès lors j'ai commencé à travailler pour lui ici.

Des années plus tard, la guerre a pris fin et la France a été libérée. Un jour le vieux Benyamin, qui m'avait vu grandir et devenir un jeune homme, m'a demandé ce que je comptais faire de mon avenir. Est-ce que je voulais retourner dans ma Hongrie natale? Est-ce que je voulais rester ici ? Je lui ai répondu que je n'en avais aucune idée et que j'écouterai ce qu'il me conseillerait. Benyamin me considérait comme son fils, et m'a suggéré de rester et d'épouser sa fille unique Alma. Comme je ne pouvais pas travailler comme agriculteur à cause de ma jambe, il m'a aidé à construire cet atelier et cette échoppe et je suis devenu ce que je suis aujourd'hui. Mon épouse est décédée il y a quelques années. C'était une femme merveilleuse, tendre et fidèle, paix à son âme. Elle a toujours veillé sur moi. Depuis son absence je suis terriblement seul et mon unique satisfaction et espoir c'est vous, les enfants et les merveilleux habitants de ce village. Si vous saviez combien je vous aime ! Si je parle seul, c'est parce que je ne peux m'empêcher de ressasser les malheurs de ma vie. Je pense toujours à mes parents et à ma famille, et je vous demande de toujours écouter vos parents et de rester près d'eux. Je suis sûr que vous faites tout ça. Bien, voilà c'était l'histoire de ma vie et maintenant que vous la connaissez, rentrez chez vous mes petits. »

Le vieux Yosef s'est levé, a posé sa main sur nos épaules en signe d'amitié et s'en est allé en boitant. Le récit de sa vie nous avait tous bouleversés. Pendant plusieurs jours je n'ai pas cessé de penser à sa vie tourmentée. Et depuis à chaque fois que je reviens ici je pense à lui et j'ai envie de le voir et d'avoir de ses nouvelles.

CHAPITRE 9

Tu brillais comme le soleil. J'ai eu la chance d'éprouver ce sentiment de chaleur durant notre courte vie commune, courte mais tellement riche d'amour et de souvenirs. Je l'ai dit aussi à ton frère, il m'est impossible de t'oublier, le chagrin de ton absence et ton assassinat par ceux que tu aimais et que tu défendais m'usent corps et âme tous les jours. Par-delà tout il m'est insupportable de penser à notre enfant que tu portais depuis cinq mois et qui te rendait si fière d'être une mère en devenir. Tu parlais sans cesse de cet enfant, de la manière dont tu allais t'en occuper, de l'allaiter, de lui parler, de l'éduquer. Depuis le début de ta grossesse tu te consacrais moins à ton travail et tes pensées étaient presque exclusivement occupées par notre enfant. Tu ne passais pas une semaine sans acheter et étudier des livres traitant de la mère et de l'enfant. Nous discutions souvent du prénom à lui donner, si c'était une fille ou un garçon. C'était une discussion de chaque jour, tu ne te satisfaisais d'aucune proposition et de toute façon tu refusais même de connaître le sexe de l'enfant lors des échographies. Tu trouvais excitant l'idée de la surprise au moment de la naissance. Moi aussi j'approuvais cette idée. Je me rappelle, surtout la dernière semaine avant ton assassinat. J'aimais bien te taquiner et parfois proposer des prénoms absolument ridicules et que tu ne connaissais pas mais que tu prenais très au sérieux. Une fois je t'ai proposé, si c'était un garçon, de l'appeler « Ghoutchali » et très sceptique, tu m'as demandé la signification de ce prénom. Quand je t'ai dit que ça signifiait « le gros mouton d'Ali », tu as éclaté de rire et tu m'as attaqué avec ton oreiller. Ça se terminait toujours dans le rire, la joie et des baisers d'amour. Tes éclats de rire résonnent encore dans ma tête. Comme je regrette de t'avoir réveillée ce matin-là pour aller prendre le train. Si seulement tu avais pu le rater ! Si seulement tu n'y étais jamais allée !

On a trouvé ton corps ensanglanté près de la scène. Les assassins t'avaient logé deux balles dans la poitrine et une dans le ventre dans le but d'anéantir expressément ce fruit d'amour que tu portais en toi. Tes mains étaient posées sur ton ventre comme pour protéger cet enfant et ta bouche ouverte comme pour crier cette abjection. Peut-être que la musique de ton existence ne s'était pas interrompue avec le rythme des battements de ton cœur et que tu voulais chanter une dernière berceuse à cet enfant ; une berceuse pour un mort. Je ne sais pas si notre enfant a entendu ta complainte et s'il l'entend encore ou non. Mais ta complainte est restée inachevée, à jamais.

Nous avons transporté ton enveloppe charnelle à Montpeyroux. Tes amis ont regretté cette décision, ils auraient préféré que tu reposes dans un cimetière de Clermont-Ferrand, ta ville natale, aux côtés de ton amie de lycée, Marguerite. Mais je n'ai pas voulu, car je voulais que tu puisses admirer depuis l'au-delà les paysages de la vallée que tu aimais contempler en te tenant au pied du vieux chêne au bord de la route menant au village. Nous t'avons mise en terre dans le cimetière de Montpeyroux et ton grand père a planté sur ta tombe un jeune plant de chêne, pour que tu te reposes dans son ombre.

CHAPITRE 10

Marguerite, ton amie d'enfance, était une jeune femme pleine d'entrain et de gaîté. Hélas, comme toi, elle est partie trop tôt. Le jour de son décès tu étais inconsolable. Triste et agacée, tu répétais sans cesse :

> « C'est injuste, elle n'a même pas eu le temps de profiter de la vie. Pourquoi elle est partie si tôt, pourquoi ? La mort, qu'attend-elle de nous ? »

Tu vois, depuis ton décès, non, depuis ton assassinat, j'ai répété tes paroles des milliers de fois chaque jour et tous les mots ne suffiraient pas pour maudire ce monde que nous avons créé. Je hais ce monde !

Pendant les cérémonies et les veillées funéraires, les gens pour me consoler m'ont serré la main des centaines de fois et d'un air triste m'ont dit :

> « Je suis vraiment désolé, c'est triste, quel dommage, paix à son âme. »

Ou,

> « C'est regrettable, qu'elle repose dans la joie et l'allégresse. »

Ou,

> « Je suis très attristé, malheureusement ce sont les choses de la vie, que pouvons-nous y faire ? De toute façon c'est arrivé, rien ne changera le cours de la vie. Vous n'y êtes pour rien, c'était son destin. »

Ou encore,

> « C'est horrible, que la paix soit avec elle, soyez certain, la miséricorde fera payer ses meurtriers. »

Mais moi, je n'accepte pas toutes ces condoléances et je ne crois pas que ton assassinat au Bataclan, par un groupe d'imbéciles aliénés par leur religion, soit un accident et que ce soit ton destin, non, je refuse ce fatalisme. Ta mort, celle de notre enfant et de ces dizaines d'autres femmes et hommes innocents, même si elle s'était produite ailleurs dans le monde, dans une guerre ou dans une explosion, ne peut pas être considérée comme un accident ou un destin funeste. Moi, j'accuse l'humanité toute entière, nous sommes tous responsables, responsables d'avoir instauré un ordre pseudo-moral et intellectuel qui a conduit à créer des sociétés nombrilistes, morcelées et égoïstes. Nous avons érigé des barrières immenses faites de soi-disant valeurs morales, parfois de dogmes dressés en religion, tellement en contradiction les uns aux autres que nous en sommes forcément tous partie prenante. Moi-même quand je suis seul face à ce problème, que je pense à ma propre part de responsabilité dans cette situation, je deviens fou.

Ton amie Marguerite est morte d'une leucémie. Et je pense que même ça, c'est de notre faute. Nous avons violé cette planète sans vergogne, tellement souiller l'air, l'eau et la terre, attiser des feux que nous en sommes devenus malades, brûlés comme par un retour de flamme. J'ai vu Marguerite seulement trois fois : une fois lors de notre mariage, une fois quand ils sont venus nous voir à Lyon et la dernière fois quand nous lui avons rendu visite chez elle, pendant la phase terminale de sa maladie. Elle était allongée dans son lit adossée à son oreiller avec son gros chat persan blanc sur les genoux qu'elle caressait langoureusement. Son mari Isaac était assis à côté d'elle.

Quand nous sommes entrés dans sa chambre, son visage s'est éclairé d'un large sourire, elle a donné le chat à Isaac. Puis elle a ouvert grand les bras pour te serrer très fort et alors que le sourire et les larmes se mêlaient sur son visage, elle t'a dit :

> « Oh Adèle, comme tu as bien fait de venir, j'en avais tellement envie. »

Puis la voix chargée d'émotion, elle a poursuivi :

> « Tu vois dans quel état je suis, je vais bientôt mourir. »

Tu étais bouleversée et la tristesse se percevait bien sur ton visage, dans ta voix et sans chercher à les dissimuler, en caressant sa tête, d'un ton sérieux mais léger à la fois, tu lui as dit :

« Mourir ? Je ne crois pas, nous n'aurons pas cette chance-là ! »

Puis tu as essayé de lui remonter le moral.

« Maintenant arrête de te rendre intéressante, on ne meurt pas de n'importe quoi ! Et de toute façon qui t'a parlé de mort ? Nous avons encore pas mal de choses à faire. Tu n'as pas encore vu mon enfant et après il faudra que tu t'en occupes, tu m'avais promis que tu serais sa marraine. Alors, tu as compris ? Et encore une chose, il faut que tu finisses ton traitement et qu'on retourne à Clermont-Ferrand pour aller voir les chèvres et manger des bonbons. Ça fait des années que j'attends ça. »

Marguerite, malgré son état, a éclaté de rire en entendant parler des chèvres et à ce moment-là tu l'as prise dans les bras et embrassée. Tu as continué à plaisanter et à dire des bêtises. Nous y sommes restés une bonne heure. Isaac et moi nous avons quitté la chambre pour vous laisser seules. Nous nous sommes assis sur le canapé dans le salon, côte à côte. Isaac était extrêmement triste mais il tentait, tant bien que mal, de cacher ses sentiments. Finalement il a éclaté en sanglots et m'a confié que les médecins ne lui avaient pas laissé beaucoup d'espoir. Je ne savais vraiment pas comment le consoler. Je lui ai seulement dit :

« Garde confiance en la miséricorde. »

Il m'a regardé, désabusé et m'a dit :

« Même Dieu m'a enlevé tout espoir. »

Puis il s'est levé pour aller aux toilettes. J'ai compris qu'il voulait simplement pleurer sans témoin.

Toi aussi tu t'es mise à pleurer en sortant de chez eux. Tu savais bien qu'elle était sur le départ et combien elle avait besoin de ta présence. Tu es retournée chez elle tous les jours suivants, chaque après-midi, jusqu'à sa mort. Tu étais très triste en sortant de chez eux, tu t'es mise à me raconter vos souvenirs d'enfance :

> « Elle aimait beaucoup les chats et depuis son enfance elle en avait eu plusieurs, elle vivait à quelques maisons de chez moi, nous étions alors souvent chez l'une ou l'autre. Son père était employé de banque et sa mère institutrice. Ils étaient très croyants et très stricts dans l'éducation de leur fille. Marguerite avouait elle-même en riant que chez elle c'était comme à l'armée. Elle disait que tout devait être propre, brillant et surtout à sa place. Toute activité était programmée, manger, dormir, regarder la télé, quand c'était le cas, le tout à des horaires précis. Et enfin à tout ça s'ajoutaient les remarques redondantes suivies de contrôles… C'est pour ça qu'elle avait peu d'amis. J'étais une des rares exceptions.
>
> Elle était toujours exaspérée par la religiosité stricte de ses parents. J'ai beaucoup de souvenirs avec elle, mais les meilleurs moments de notre vie, c'était au lycée. Marguerite, moi et quelques autres filles, nous aimions donner des surnoms aux professeurs et aux garçons de notre école en fonction de leur physique, de leur manière de s'habiller, de se comporter et de parler.

Par exemple il y avait un garçon de grande taille dans notre classe, un vrai boute-en-train, qui s'amusait à changer de classe pour rire. En ville aussi il se comportait de la même manière. On le croisait à différents endroits, il bougeait sans cesse, on l'imaginait comme un voyageur. Alors on l'avait appelé Marco Polo. Il y avait aussi un autre garçon qui était au contraire tout petit, maigrelet et hyperactif, de plus il avait la jaunisse. Du coup on l'appelait le cafard. On avait aussi un professeur chauve et assez musclé qu'on appelait Yul Brynner. Et je te passe, Madame Bovary, notre professeur de sciences et l'Ours, le vendeur de sandwichs. Je sais que ce n'est pas bien mais on était jeune, on s'amusait de peu de choses et on ne faisait du mal à personne.

Soudain tu t'es arrêtée et tu m'as demandé :

« Et si tu devais me donner un surnom ça serait quoi ? La première fois que tu m'as vue, tu as pensé à quoi ?

– Toi ? À quoi tu m'as fait penser ?

– Oui.

– Je ne sais pas, depuis que je te connais je ne t'ai jamais comparée à quoi ni à qui que ce soit. Pour moi tu n'as toujours été que toi. »

Tu as semblé satisfaite de ma réponse. Tu m'as fait un petit sourire du coin des lèvres avant de poursuivre :

« Je te remercie mon chéri mais si tu devais te moquer ou rire de quelque chose, quel surnom tu me donnerais ? Allez, quoi.

– Je ne sais pas, je n'y ai jamais pensé.

– Essaye !

-   Je ne peux te comparer à rien. Tu ne ressembles qu'à toi mais si j'y étais obligé, je te comparerais à une fleur, une fleur rouge et si tu devais vraiment insister encore, je dirais pour rire une clochette qui n'arrête pas de sonner et me casser les oreilles.

-   Quoi, une clochette ? »

Tu m'as dit en donnant un gentil coup de poing dans l'épaule :

« Et bien, soit, mais pour moi tu ne ressembles à rien d'autre et personne d'autre que toi. Pour moi tu seras toujours, toi, c'est pour ça que je t'aime.

-   Je te remercie mais ce n'était qu'une plaisanterie. Je t'ai bien dit aussi qu'on ne peut pas te comparer, tu ne ressembles qu'à toi. Sinon, c'est quoi l'histoire de ces chèvres ?

-   Ah oui, les chèvres, c'étaient deux frères, des pâtissiers, pas loin de chez nous. C'est moi qui les avais appelés comme ça. Leur boutique était dans les halles à côté de notre lycée. Ils étaient d'origine irlandaise et avaient ouvert leur pâtisserie depuis peu. Ils s'étaient rapidement fait connaître grâce à une recette de cake qui venait d'après eux de leur mère. C'est vrai que c'était délicieux. Ils s'appelaient : Jerry et James. Ils fabriquaient aussi pas mal de glaces et de confiseries aux fruits et c'était surtout pour ça qu'ils avaient beaucoup de jeunes clients, dont Marguerite et moi. Dès qu'on a entendu parlé d'eux, on a décidé de tester nous aussi leurs produits. Et c'est en entrant dans la pâtisserie, dès que j'ai vu les deux frères, en rigolant j'ai dit à Marguerite :

« On dirait des chèvres. »

Marguerite a tout de suite éclaté de rire. Les deux frères étaient relativement petits, le visage long, le nez fin et les yeux marron. On aurait dit qu'ils n'avaient pas de sourcils, tellement leurs poils étaient clairsemés, fins et clairs. Leur bouc brun-roux accentuait la finesse de leur visage. L'aîné des frères était plutôt maigre et avait une voix assez aiguë, c'était Jerry. Il s'occupait de la vente, de la clientèle et de la comptabilité ; il portait toujours un chapeau noir et un tablier blanc. Le cadet, James, était plus gros, portait toujours un chapeau brun et un tablier vert. C'est lui qui fabriquait glaces et pâtisseries et contrairement à son frère, il était toujours souriant.

Arrivées dans la pâtisserie, nous étions les seules clientes. Marguerite s'est forcée à ravaler son rire. Moi je me contrôlais à peine et je gardais un léger sourire. Les deux frères nous observaient avec intérêt. Jerry s'est avancé vers nous :

« Que désirent ces jolies dames ? »

J'ai donné un petit coup de coude à Marguerite :

« La biquette te parle ! »

Marguerite n'a pas pu se contenir. Elle a mis la main sur la bouche et baissé la tête pour ricaner. Moi aussi je me suis mise à rire. Jerry nous regardait rire et nous a demandé en riant :

« Qu'est ce qui fait rire ces dames ? »

Je lui ai dit :

« non, rien, on voudrait deux glaces.

- Et quelle sorte de glace désirez-vous ?

-   Nos amis nous ont beaucoup parlé de votre glace à la menthe !

-   Très bon choix, vos amis ont bien raison, c'est délicieux mais comme toutes nos glaces ! Il s'est tourné vers James : deux glaces à la menthe pour ces jolies dames souriantes. »

Il a continué à sourire et à nous regarder. Nous lui avons souri en retour pendant que James nous apportait nos glaces l'air ravi. Nous avons payé et sommes vite sorties. Nous n'avons pas arrêté de nous moquer d'eux et de rire pendant tout le trajet du retour. Quelle insouciance ces jours de jeunesse, nous y sommes retournées plusieurs fois par la suite pour goûter d'autres glaces et bonbons et à chaque fois avec nos moqueries et leurs interrogations, jusqu'à ce qu'une après-midi Marguerite y retourne pour faire des achats pour sa mère. Les deux frères lui ont demandé :

« Où est votre amie? »

Puis ils lui ont dit que le dimanche après-midi ils ne travaillaient pas et qu'ils étaient libres pour aller au cinéma avec nous. Le lendemain j'ai fait semblant d'être furieuse d'apprendre qu'ils nous avaient invitées. J'ai dit à Marguerite :

« Mais qu'est-ce qu'ils s'imaginent ces boucs ? Viens, je vais aller leur dire ce que j'en pense »

Marguerite a pris ma menace très au sérieux et a eu peur de ma réaction. Elle m'a prise par le bras et m'a suppliée de laisser tomber. J'ai surenchéri :

« Alors il faut que j'en parle à mon père et toi au tien ! »

Elle s'imaginait la tête de ses parents, déjà très sévères habituellement et là... Elle m'a dit toute tremblante :

« Non Adèle, s'il te plaît, laisse tomber ».

J'ai fait semblant de me calmer et nous n'y sommes plus retournées mais ce souvenir me fait toujours rire.

Marguerite et Isaac se sont connus en terminale. Moi comme tout le reste de la classe, nous avons été très surpris de savoir qu'ils sortaient ensemble. Les gens disaient :

« Mais enfin qui peut aimer Isaac avec sa famille super riche et radine ? »

Mais nous avons tous des préjugés et une fois qu'on a appris à connaître Isaac, nous avons compris qu'ils étaient faits l'un pour l'autre.

À cette époque-là Isaac était petit, obèse et ses cheveux auburn frisés accentuaient les boutons sur son visage rond. Ses petits yeux verts semblaient inexpressifs. Il n'était pas très sociable et se réfugiait dans le travail. Donc avec tout ça, on lui accordait peu d'attention et il avait lui aussi peu d'amis à l'exception de deux garçons de son quartier avec qui il s'amusait uniquement les jours fériés. Il mangeait toujours seul à la cantine et évitait de répondre aux autres garçons qui l'embêtaient, surtout s'ils étaient plus grands que lui. Même si parfois ils lui lançaient des quolibets, il répondait par un sourire moqueur et s'en allait. Il ne se plaignait jamais de rien. Si jamais quelqu'un lui faisait un croche-patte ou lui chipait son chapeau, il leur demandait simplement d'arrêter. Sa retenue et sa patience étaient précisément ses grandes qualités.

Comme il fréquentait peu de monde, les filles ne s'intéressaient pas à lui. C'est pour ça que je n'ai pas cru Marguerite quand elle m'a dit qu'ils sortaient ensemble. Il a fallu que je les vois aller au cinéma et passer du temps ensemble, pour la croire. Leur histoire a commencé une après-midi alors que Marguerite était partie faire des courses. Marguerite avait besoin de cahiers et devait aller faire ses achats avec sa mère mais comme celle-ci était fatiguée, elle l'a autorisée à sortir seule. Ça déjà c'était inhabituel qu'elle soit autorisée à sortir seule. Sa mère lui avait dit seulement de rentrer rapidement. Marguerite a pris son vélo et arrivée au magasin, elle tombe sur Isaac, qui lui dit bonjour et lui demande ce qu'elle est venue acheter. Alors Isaac l'a accompagnée et en sortant du magasin, il lui proposé d'aller manger une glace.

Elle m'a dit :

> « J'ai accepté avec plaisir. Il m'a offert une glace puis nous sommes allées nous asseoir sur un banc sous un arbre, nous avons discuté et c'est là que j'ai découvert à quel point il était gentil et agréable. Nous nous sommes promis de nous revoir. »

Pendant longtemps ni elle ni lui n'ont souhaité révéler leur relation. En classe il se mettait au bureau d'à côté, à la cantine à la table d'en face et cherchait souvent le regard de Marguerite. Ils ont caché leur relation jusqu'à ce qu'ils soient majeurs. Le père d'Isaac souhaitait que son fils fasse des études de commerce et c'est ce qu'il a fait. Et Marguerite est allée à l'école d'infirmières. Finalement elle n'a pas fini ses études car très rapidement, une fois mariés et installés ensemble, malheureusement la vie les a conduits là, où il n'y a plus d'espoir.

Je me rappelle, tu as arrêté de parler et tu m'as regardé dans les yeux. J'ai serré ton épaule dans ma main et je t'ai dit :

« Que pouvons-nous faire, parfois la vie est profondément injuste. »

Marguerite est décédée un mois plus tard dans son lit, un matin, seule, sans personne à ses côtés, personne, ni sa mère, ni son père, ni Isaac, ni toi, personne. Isaac était à son travail et toi à l'université. Quand tu m'as annoncé son décès au téléphone, j'ai imaginé dans quel état tu étais. Tu répétais :

« C'est injuste, c'est injuste, elle est partie trop tôt. »

Tu ne savais pas que tu allais la suivre quelques mois plus tard, que les démons de notre monde allaient te faucher.

CHAPITRE 11

Je disais que les humains sont comme les arbres, leur vie suit
le rythme des saisons. La couleur de leurs joues est la couleur
de leurs feuilles. Quand ils sont malades, quand ils sont
fatigués et quand ils deviennent vieux, leur couleur change et
les feuilles vertes deviennent rouges puis jaunes et finissent
par tomber au premier coup de vent. Tu me disais, non, c'est
un analogisme trop romantique et trop poétique, non les
humains ne sont pas comme les arbres. Les humains sont ce
qu'ils sont mais ils sont prisonniers de leur temps. Je te disais,
le passage du temps est la révolution des saisons chez les êtres
humains, et tu me disais non, le passage du temps est la
révolution des saisons pour toute chose, pas seulement pour
les humains, le temps est maître de tout, son écoulement

emporte tout. C'est ça la vie, la révolution des saisons. Si les humains pouvaient se soustraire aux imprévus, ils vivraient leurs saisons et le passage du temps en toute quiétude et harmonie. Je te demandais, et si un imprévu se produisait ? Mais tu m'opposais un silence en réponse. Je poursuivais en disant ; et si cet imprévu pouvait être heureux et s'appeler l'amour, après tout l'amour semble être l'imprévu le plus fréquent de la vie. En réponse cette fois-ci tu m'as souri, mais moi, je ne comprenais pas que tu redoutais en réalité les imprévus malheureux par dessus tout. Pressentais-tu qu'un évènement allait t'abréger la vie, que des balles allaient jeter tes feuilles et le fruit de ta vie à terre. Cet évènement s'appelle Bataclan et me laisse seul dans ce monde.

Après ton assassinat j'ai été plongé dans un désarroi profond pendant plus de quarante jours. La douleur de ton absence avait annihilé toute volonté en moi. Que de journées mélancoliques passées à ne rien faire, incapable de quoi que ce soit. Je me suis laissé lentement happé par le désespoir jusqu'à ce que je découvre, caché dans un de tes livres, une note sur un fragment de papier. Le propos portait sur le Mithraïsme* et son élément sacré : l'eau, accompagné d'une réflexion sur la nature physique de l'homme constitué d'eau et donc sa ressemblance avec cet élément qui absout et de ce fait se purifie lui-même.

Cette courte analyse m'a fait prendre conscience de la pureté de tes sentiments. C'est seulement à cet instant que j'ai compris la profondeur de ta pensée, la philosophie et la religion qui t'animaient et guidaient tes actes. Oui, la vérité c'était bien cela. Tu étais comme l'eau, cet élément sacré, amoureuse, transparente, pure et probe. Oui, c'était bien la vérité de ton existence.

Une heure durant je suis resté plongé dans ton souvenir et je méditais sur cette courte pensée apaisante quand soudain je me suis souvenu que tu avais laissé beaucoup de notes manuscrites. J'ai alors décidé de les rassembler, de les lire, de les ordonner en un livre puis de le proposer aux éditeurs. Je me suis mis au travail l'après-midi même. J'ai rassemblé une par une les feuilles dispersées et les cahiers, puis mis l'ensemble dans une grande pochette. J'ai commencé ma lecture avec attention et patience. Sur chaque feuille j'ai trouvé l'empreinte de tes doigts et ton parfum. En les groupant j'ai trouvé aussi des lettres que je t'avais envoyées et deux brouillons de lettre que tu m'avais écrites quand tu étais à Clermont-Ferrand. Tu aimais écrire des lettres, surtout des lettres d'amour à l'ancienne qui te rendaient rêveuse et nostalgique. Tu disais que les courriels et les textos avaient retiré tout le charme des correspondances amoureuses et surtout qu'ils étaient éphémères.

*Mithraïsme : culte à mystères, d'origine Indo-Iranienne, vénérant Mithra, fille d'Anahita.

Nous pouvons prendre le papier des lettres dans les mains, le palper, le humer, quasiment effleurer chaque mot couché à l'encre avec la main et nous attarder sur chacun d'eux selon notre envie. Nous pouvons apprendre chaque ligne par cœur et écrire une réponse à chaque ligne, puis le poster et attendre la réponse. Oh, que c'est agréable l'exaltation des sentiments dans l'attente de la réponse de l'être aimé.

J'ai ouvert les quelques lettres qui étaient dans leur enveloppe et relu chaque ligne de mes lettres relatant les paroles de mon cœur et chaque ligne de tes lettres reflétant la lumière brillante de ton âme. j'ai admiré l'empreinte de tes doigts laissée là et le souvenir coloré du relief de tes baisers apposés sur chaque lettre.

Bonjour Adèle,

J'espère que tu vas bien, que tu n'as pas de souci et surtout que tu ne m'as pas oublié. Quant à moi, je n'ai pas arrêté de penser à toi ne serait-ce qu'un instant. Je veux que tu saches que depuis le moment où je t'ai dit au revoir avant de rentrer à Lyon, je n'ai cessé de penser à toi et à chaque instant passé avec toi. Ton sublime visage souriant, chacun de tes mots, chacune de tes phrases obsèdent mes pensées. Je n'en connais pas la raison mais je sens qu'il s'est passé quelque chose d'extraordinaire et un sentiment permanent de bien-être s'est emparé de moi.

Ces trois derniers jours j'ai voulu t'appeler, mais je me disais que je ne réussirais pas à exprimer convenablement ce que je ressentais et que l'écriture était plus à même de le restituer. Bien entendu je savais que tu serais contente de recevoir une lettre, c'est ce que tu m'as affirmé l'après-midi où nous étions dans un café. Tu disais préférer les lettres aux coups de fil, courriels, et autres textos sans âme. Moi aussi je te rejoins sur ce point et je pense qu'il y a des choses qu'on ne peut qu'écrire, quand il s'agit d'exprimer ses sentiments, certaines choses ne peuvent être dites, il faut qu'elles soient écrites, du moins c'est ce que je pense. Adèle, je suis certain que tu comprends mes sentiments envers toi. Un besoin irrépressible me poussait à t'écrire et à avouer encore mon amour. À vrai dire, dans la culture iranienne, l'Amour est de nature divine, un évènement sacré et pour y accéder il faut parcourir les sept pays d'Amour. Je veux voyager aux sept pays d'Amour avec toi mais on peut s'interroger sur une décision divine ou un hasard que nos destins se croisent ? Quoi que ce soit, moi je considère cet événement comme une volonté du Divin. Ta rencontre m'a bouleversé, comme je te l'ai dit cet après-midi-là. J'éprouve un sentiment étrange envers toi, si cela s'appelle amour, oui je te l'avoue, je suis amoureux de toi et je le ressens de tout mon être depuis que je suis ici à Lyon. Rappelle-toi, je te disais que pour moi, l'être humain est comme un arbre, abreuvé d'Amour il s'épanouit, privé d'Amour il s'étiole. Ton amour m'a ouvert l'esprit ces derniers jours et m'a fait retrouver l'espoir. Je ferais mieux de dire trouver un but, oui, je sens que pour mon avenir et une vie en commun avec toi il faut plus d'efforts, pour construire une famille, une vie différente. Je dis bien différente car tu es la personne la plus différente des autres que j'ai jamais rencontrée et je ne voudrais te perdre pour rien au monde. C'est pour cela que je t'écris, pour t'avouer cet amour et te demander de nous unir pour la *vie. Et c'est précisément au voyage aux sept pays d'amour que je t'invite.*

Tu te demandes si un amour profond peut trouver place entre deux êtres seulement après une ou deux rencontres ? Tu penses peut-être que nous avons besoin de temps pour que l'amour s'épanouisse. Je ne le pense pas. Ces deux rencontres ont suffi à enraciner profondément l'amour que j'ai pour toi. Je crois en cet amour. C'est pour cela que je t'écris cette lettre d'aveux. J'aimerais tellement que tu acceptes ma proposition d'amour. J'attendrai ta réponse et si je ne t'appelle pas, c'est que je voudrais que tu prennes tout le temps nécessaire pour réfléchir. Je t'embrasse mille fois et je t'envoie mille roses que tu aimes. Je suis impatient de te revoir.

Nader

J'ai attendu ta réponse pendant deux semaines entières. Je ne voulais pas t'appeler et c'est curieux, toi non plus tu ne m'as pas appelé. Après quatorze jours, l'après-midi du lundi de la troisième semaine, en rentrant à la maison, j'ai trouvé ta lettre dans la boite aux lettres. J'étais au bord de l'évanouissement. Combien de fois je t'ai raconté cela et à chaque fois tu éclatais de rire et tu te moquais de mon manque d'expérience en matière d'amour. J'ai saisi ta lettre et au lieu de prendre l'ascenseur, je me suis précipité dans les escaliers en gravissant les marches quatre à quatre, jusqu'au troisième étage. Je suis entré dans l'appartement et j'ai fermé la porte derrière moi. J'ai attendu un moment pour reprendre mon souffle. Je ne savais pas quoi faire, je m'angoissais à l'idée d'ouvrir ta lettre. L'angoisse était proportionnelle aux jours d'attente de ta réponse. Tu avais tardé à me répondre et tu ne m'avais pas appelé. Mon cœur battait la chamade à l'idée d'une réponse négative mais en même temps je n'y croyais pas trop en pensant à ton comportement pendant ces moments passés ensemble.

J'ai enlevé ma veste et je me suis installé à mon bureau. Ça a toujours été pour moi l'endroit le plus sûr. J'ai ouvert ta lettre et j'ai commencé à lire. Je ne sais pas combien de fois de suite je l'ai lue. J'ai senti le parfum de ton souffle dans chacun des mots que j'ai humé avant de relire encore et encore.

Bonjour mon cher Nader,

Ça va ? J'espère que c'est le cas. Tu me manques. J'ai reçu ta lettre la semaine passée. Quelle bonne idée de m'écrire, quel verbe et quelle écriture. Je l'ai lue plusieurs fois jusqu'au mercredi. Je ne pensais pas trouver en toi des sentiments si purs et autant de poésie. Mon père avait toujours dit que les orientaux sont des sentimentaux et très sensible à l'amour. Au départ je pensais que tu étais différent, car tes sentiments et ta personnalité me semblaient différents. Ensuite je l'ai vu dans ton comportement, dans ta manière de t'exprimer et enfin dans ta lettre, tu es un vrai oriental. J'aurais aimé que tu sois ici et que nous discutions de vive voix.

Hier soir, avec mon frère, Alfred, nous avons regardé un très beau film américain : American Beauty de Victoria Sterling. Pendant tout le film j'ai souhaité que tu sois à mes côtés pour le regarder. Il faut absolument que tu le vois, si tu ne l'as jamais vu.

J'ai beaucoup aimé la scène où il regarde l'extérieur de la maison par la fenêtre et voit un sac plastique pris dans un tourbillon de vent. Pour moi, cette scène, cet objet pris dans le vortex dans des forces qui le dépassent, est comparable à l'imprévu nommé amour qui t'emporte dans ses tourbillons. Ta lettre exprime ce qui te dépasse et qui t'emporte, l'amour.

Moi, une Française, je me pose la question suivante : pourquoi depuis tant d'années je n'ai jamais regardé ni prêté attention à aucun homme et soudain, lors d'un mariage, je fais ta connaissance, un homme venu d'orient à qui je décide d'offrir mon cœur ? Cet évènement, ce hasard, c'est l'amour. La première fois que ton regard a croisé le mien, j'ai ressenti un tremblement en moi, quelque chose de différent, d'inhabituel, inconnu pour moi, quelque chose qui semblait avoir aboli ma volonté, qui m'a attiré vers toi. Quand Pierre nous a présentés l'un à l'autre, une intime conviction insinuait dans mon esprit l'idée que j'avais trouvé ce que je cherchais.

Tu m'as dit : les humains sont comme des arbres, ils fleurissent en s'abreuvant d'Amour. Bien sûr tu as raison, car l'Amour est la vérité ultime de la vie. Si nous nous laissons déposséder de cet Amour, que nous reste-t-il comme raison de vivre ? Rien !

Je ne cesse de penser à toi et à la nouvelle vie qui s'offre à moi. Je te remercie pour l'amour que tu me portes car moi aussi j'ai changé depuis ton regard. Si tu me demandes en quoi, je te réponds que je ne sais pas ! Depuis la réception de ta lettre je me pose cette question et je tente d'y répondre. C'est la raison de ma réponse tardive. Je voulais te décrire le plus précisément possible ce que je ressentais. Je peux à présent te l'affirmer avec conviction, tu es l'homme que j'attendais. Si l'amour est un imprévu, je l'avoue, je le vis à présent. Mon cœur et mon être t'appartiennent. Quant à la question de mariage, laisse-moi en parler à mon père. Il faut que tu viennes à Clermont-Ferrand passer un peu de temps avec ma famille. Je t'attends.

Et enfin, j'ai toujours aimé recevoir des lettres d'amis. Quand mon père me parlait pudiquement de ses correspondances amoureuses avec ma mère ou quand je lisais des passages de roman à ce sujet, je me demandais toujours, ce que l'on ressent en recevant une lettre d'amour. Je te remercie encore, je le sais à présent. Je dois ajouter autre chose, je n'aurais jamais pu te décrire au téléphone tout ce que mon cœur m'ordonnait de dire. Il est certain qu'à Paris nous nous étions inconsciemment confessés bien des pensées tacites, mais voilà maintenant c'est clairement exprimé. J'attends que tu m'appelles, j'aimerais

Après avoir lu ta lettre, fou de joie, je ne savais pas où donner
de la tête, je ne tenais pas en place. J'ai quitté l'appartement
afin de jouir en plein air et à la lumière du soleil, de la sensation
d'aimer et d'être aimé en retour. Cependant je m'interrogeais,
tu disais vrai en parlant de nos pensées et de notre attirance
inavouées mais révélées par nos attitudes, mais alors pourquoi
languir tant et pourquoi ce besoin irrépressible d'écrire ? Je
pense que la réponse est dans la fièvre de la passion et dans
l'émerveillement.

Je suis alors rentré chez moi, je t'ai écrit une courte lettre te
déclarant encore mon amour sincère et entier en espérant
trouver le temps de venir te retrouver entre tes obligations et
les miennes.

Le lendemain matin je m'apprêtais à t'appeler mais tu m'as
devancé, quelle joie d'entendre ta voix, d'écouter tes paroles
et de laisser les mots exulter.

Si Dieu a créé l'Amour pour que nous puissions le lui rendre
en révérence, alors je l'affirme, pour moi t'aimer est synonyme
de te vénérer de tout mon cœur.

CHAPITRE 12

L'heure du départ arrive. La jeune fille se lève et m'interpelle, il faut monter dans le train. Je me lève lentement, je prends mes affaires et nous nous dirigeons ensemble vers notre wagon. La plupart des voyageurs se hâtent, il reste peu de temps, le train est à l'heure. Devant la porte de chaque wagon une file d'attente se forme pour monter un par un dans le train.

La jeune fille qui avait pris de l'avance sur moi, se retourne et constate ma lenteur ; je suis plongé dans mes pensées. Elle retient d'une main le sac pendu à son épaule et de l'autre tire derrière elle une grande valise rouge. D'un ton chaleureux et en souriant, elle me demande :

« Voulez-vous de l'aide ?

- Non, merci, c'est très gentil mais ma valise n'est pas très lourde ».

Alors que ce n'est pas vrai du tout, elle est même très, très lourde. Je l'ai bourrée de livres, et surtout de recueils de tes notes que nous avons compilées et imprimées avec tes collègues et amis de la faculté de Lyon. Nous avons appelé cela *Telle l'eau de roche*. Je les emporte pour tes confrères du groupe de recherche de Copenhague qui participeront à la cérémonie organisée à ta mémoire.

J'accélère un peu le pas. La commémoration est prévue dans trois jours et je dois y prendre la parole. Il faut que je me ménage moralement et physiquement pour être en forme. Je rattrape la jeune fille et arrivé à sa hauteur, je lui demande :

« Vous m'avez dit que le train s'arrêtait deux heures à minuit !

- Oui.

- Où s'arrête-il ?

- À Osnabrück.

- C'est bien fatigant tout ça !

- Non, on peut dormir dans le train ou bavarder. J'aime voyager dans ces trains de nuit, j'aime leur lenteur et en plus les places ne sont pas chères. Je prends le temps de réfléchir et de penser à toutes sortes de choses.

- Prendre le temps de penser ?

- Bien sûr.

- Mais qu'est-ce que vous faites dans la vie pour ne pas avoir le temps de penser ?

- Je suis étudiante mais pour vivre et payer mes études je dois travailler à côté. Parfois je n'ai même pas le temps de dormir !

- Vous travaillez où ?

- Dans un restaurant ! J'ai de la chance car le frère de Charlotte, une de mes amies, possède un restaurant à Bruxelles. Le salaire n'est pas extraordinaire mais je suis logée et nourrie et cela me laisse le temps de travailler un peu mes cours, de visiter aussi le pays et même de mettre un peu d'argent de côté. Je rentre maintenant à Copenhague pour aller en cours.

- C'est génial de pouvoir aussi épargner un peu.

- Ce n'est pas beaucoup, mais c'est suffisant pour payer mes frais de scolarité, diverses dépenses pour mes études et les imprévus. En plus j'ai une bourse. Je ne suis pas dépensière. Je suis très contente d'être saisonnière à Bruxelles. C'est une excellente expérience de la vraie vie. J'y retournerai volontiers l'année prochaine, ils sont contents de mon travail.

- Heureusement, comment pourrait-il en être autrement, vous me semblez être une fille intelligente et sociable.

- Merci, c'est encourageant. Vous allez voir, Copenhague est une ville magnifique, extrêmement paisible et agréable à vivre.

- Bien entendu, j'irai visiter la ville, mais avant tout je dois rencontrer les collègues et amis d'université de mon épouse.
- À l'université ?
- Oui.
- Je peux vous servir de guide si vous le souhaitez.
- Volontiers, mais je ne connais toujours pas votre nom !
- Je m'appelle Orlika, je suis étudiante en art.
- Orlika ?
- Oui.
- Quel joli prénom, comme vous !
- Merci.
- Je m'appelle Nader André, je suis architecte à Lyon, en France.
- Nader ou André ?
- Oui, Nader.
- Enchantée de faire votre connaissance. »

Nous montons dans le wagon numéro **5**. L'espace réservé aux bagages à l'entrée du wagon est déjà saturé. Nous transportons alors nos valises dans notre compartiment, numéro **3**, il n'y a encore personne, nous sommes les premiers arrivés. La jeune fille laisse tomber son sac à main sur la banquette et tente de soulever sa valise pour la placer sur le porte-bagages. Elle semble lourde ; la voyant en difficulté, je lui propose mon aide. La valise est effectivement très lourde, je me dis intérieurement qu'elle a dû mettre toute sa vie dedans. Elle m'aide en la poussant vers le haut et nous la plaçons convenablement calée sur le porte-bagages. Elle m'aide à son tour à soulever et ranger ma valise à côté de la sienne. Nous nous asseyons côte à côte et à ce moment précis un Allemand, je pense, d'âge mûr, entre dans le compartiment. Il regarde son billet puis le numéro du compartiment puis son siège et vient s'installer face à Orlika, sur le siège numéro 4. Il est corpulent, plutôt petit, cheveux blond roux, il a des joues rondes et de petits yeux. Il porte une moustache rafraîchie, courte, qui laissait apparaître le contour de sa lèvre supérieure et son philtrum. Il porte un costume deux pièces brun et pour son confort a desserré le nœud de sa cravate. Il semble perdu dans son monde. Je me dis qu'on dirait un directeur d'école soucieux de régler l'emploi du temps de ses professeurs. Il lève les yeux et en souriant nous dit bonjour. Quelques instants après il se lève, quitte sa veste, la suspend au porte-manteau à côté de la fenêtre et se rassoit. Il sort de sa mallette posée à ses pieds, son ordinateur portable, un carnet de notes et une bouteille de jus d'orange. Il allume l'ordinateur et se concentre immédiatement sur son travail. Je me dis peut-être que son voyage est court et qu'il va descendre rapidement dans la première ville allemande, à Osnabruck, ou à Hanovre, ou à Hambourg.

Orlika, comme par mimétisme, reproduit à son tour les mêmes gestes en sortant de son sac à main, une bouteille de jus de fruit et un livre relativement épais. Il s'intitule *La convergence de l'art dans le monde* . Je ne réussis pas à lire le nom de son auteur. Je n'insiste pas car cela me semble impoli. Peut-être que la jeune fille n'apprécie pas ce geste, comme la plupart des gens. Mais cela excite tout de même ma curiosité et m'étonne, une jeune fille de cet âge, avec un tel livre et un sujet si compliqué. Je ne peux m'empêcher intérieurement de louer ses mérites. Orlika, qui de toute évidence observait discrètement mes réactions, s'adresse à moi :

« C'est un livre publié récemment, c'est une excellente analyse surla puissance de l'art à travers le monde ».

Ses paroles concernant l'universalité de l'art, me rappellent immanquablement ton souvenir, ces mots semblaient sortis de ta bouche. En souriant, je lui réponds un seul mot: oui.

Moi aussi je me penche sur ma mallette et sors ton cahier de notes que je parcours immédiatement.

Quelques minutes plus tard une jeune femme afghane, accompagnée de deux fillettes, entre dans le compartiment. Une des fillettes doit avoir environ trois ou quatre ans et l'autre sept ou huit. Elles s'installent du côté de l'Allemand. Les enfants sont calmes mais une fatigue lointaine submerge leur regard désabusé. Le regard et le comportement de leur mère en dit long aussi sur son état d'esprit, peur, angoisse et désarroi. Elle nous regarde tous un par un puis se charge de ranger leurs maigres affaires, deux valisettes et un sac qui laisse paraître une bouteille d'eau, d'autres boissons et de la nourriture qu'elle confie à sa grande fille en le plaçant sur ses genoux. Elle recommande constamment à ses filles de se tenir tranquilles. Je remarque leur état de fatigue. Elle se penche pour enlever les valisettes posées au sol devant nos pieds et qui nous empêchent d'étendre nos jambes. Je lui dis en persan :

« Voulez-vous de l'aide ?

Une étincelle de joie jaillit de ses yeux et dans un sursaut avec excitation elle me demande :

-	Vous parlez notre langue ! Vous êtes iranien ?

- Oui.

Je me lève et je soulève les valisettes légères au-dessus de leur tête sur le porte-bagages. J'imagine qu'elles ne contiennent que quelques habits peut-être emportés avec elles depuis le début de leur voyage. La jeune femme, presque euphorique, semblant voir une lueur d'espoir dans ma présence dans le compartiment, poursuit :

- Vous allez où ? Vous serez ici jusqu'à la fin du voyage ?

- Oui, je vais à Copenhague. »

À ce moment-là, un jeune homme maigre, au faciès osseux, entre et s'installe à côté de moi. Il semble être d'origine africaine. Il n'a avec lui qu'une sacoche. À peine assis, il en sort un ordinateur portable qu'il allume aussitôt, branche son casque audio, le pose sur la tête et en ajuste le volume, puis il appuie la tête contre la paroi du compartiment, penchée du côté du couloir étroit et l'observe dans sa longueur. Un faible son de musique rap s'échappe de ses écouteurs.

Dans un petit tremblement ou une glissade le train se met en marche. Je regarde ma montre, il est précisément dix-neuf heures trente. Les rayons du soleil couchant frisent les toits d'Amsterdam, accentuant le rouge ocre des toitures dans l'horizon visible puis les couleurs des bateaux amarrés dans le port d'Amsterdam, ainsi que la verdure et les couleurs flamboyantes des fermes.

J'aime cette ville malgré son ciel souvent grisâtre et son climat humide. J'aime ses habitants pacifiques, calmes et d'une grande gentillesse qui savent accorder de la considération à toute chose et à toute personne. Pourrai-je y retourner encore ? Alfred et sa femme Anna ont insisté pour que je leur rende visite le plus souvent possible. Mais la vie m'accordera-t-elle le temps d'y revenir ? Même si c'est le cas, comment retourner voir ton frère sans toi ? Cette fois-ci la motivation principale était de lui rendre le tableau de ta mère. Plongé dans mes songes, mon regard se jette sur quelques lignes écrites de ta main en marge d'une page :

« Nous vivons aujourd'hui dans un monde ordonné à l'intérieur duquel tous les processus biologiques, psychanalytiques, sociaux et environnementaux sont imbriqués. Pour expliquer ce monde nous avons besoin d'un regard à travers le prisme ethnologique qui n'exprime pas une vision cartésienne. Référence livre : Programmation de l'enseignement dans l'époque post moderne
(Patrick Slater). »

Tu as ajouté au crayon en dessous :

« Nous avons besoin plus que tout de nous connaître mutuellement et le monde que nous avons créé, pour que nous puissions abolir les distances entre nous. »

En pleine réflexion sur l'affirmation de Slater et ton annotation, mon regard glisse vers la jeune mère afghane en discussion avec ses enfants. Je détourne mon regard. L'Allemand et Orlika sont plongés dans leur lecture et le jeune Africain, perdu dans sa musique, a toujours le regard rivé dans le couloir. Le haut-parleur diffuse la voix du chef de train qui annonce les gares desservies. Exactement comme Orlika me l'avait dit, il annonce les deux heures d'arrêt à Osnabrück sans en donner la raison.

La voix préenregistrée défile, d'abord en Néerlandais puis en Allemand et en Anglais. Orlika qui a remarqué que j'écoutais l'annonce, s'adresse à moi d'une voix douce :

« C'est ce que je disais, nous aurons deux heures d'arrêt à Osnabrück.

Je regarde son visage jovial et lui demande :

- Vous parlez Néerlandais Orlika ?

- Non, mais je parle allemand, anglais, français, le letton, un peu le russe, bien entendu le danois et je connais aussi quelques mots de persan, comme par exemple : *Tchétori**? *Halette khoubé**[2]?

  Puis elle rit doucement dans son coin. »

La jeune femme afghane qui a été interpellée par les quelques mots

Prononcés en persan avec le très fort accent danois d'Orlika, observe nos lèvres. Je ne peux m'empêcher de la comparer à Orlika qui a sensiblement le même âge, peut-être même moins. Suivant le cours de ma pensée, je demande à Orlika :

« Comment vous avez appris le Russe ? Elle me répond avec le même sourire :

- À Vilnius en Lituanie, notre famille est originaire de Lituanie. Je suis née à Vilnius. Dans les écoles le letton et le russe étaient obligatoires ! J'ai choisi aussi deux autres langues en option, le français et l'anglais. Vous savez que lors des évènements de 1991 les trois pays baltes l'Estonie, la Lituanie et la Lettonie ont rapidement fait scission avec la Russie. Mon père disait qu'une hostilité ancienne existait entre nous et les Russes et dès que nous l'avons pu, au début des évènements, ma famille a émigré au Danemark.

---

[2] Comment ça va ? Tu vas bien ?

-   Donc, vos parents sont à Copenhague ?

-   Non, ils sont restés avec moi et mon frère le temps qu'on finisse nos études secondaires et qu'on entre à l'université, puis ils sont rentrés en Lituanie. Mon père s'est toujours senti comme un étranger au Danemark et avait beaucoup de mal à trouver du travail. Ils auraient aimé que mon frère et moi, nous rentrions avec eux mais nous avons préféré rester. Mon frère adore la mer, alors il s'est engagé dans cette voie et est devenu capitaine de navire marchand sur des cargos. Il est très satisfait de son travail et voyage d'un pays à l'autre à travers le monde. Et moi, je suis toujours étudiante !

-   C'est génial ! Vous n'aimeriez pas retourner en Lituanie ?

-   Non, après le retour de mes parents j'y suis retournée deux fois

mais je n'ai pas aimé et de toute façon je ne pouvais pas

rester

car il fallait finir mes études. Ça va de soi, les études avant tout. Quand j'aurai fini mes études, j'irai aux États-Unis.

-   Aux États-Unis ?

-   Oui.

-   Mais pourquoi ?

-   Je voudrais travailler quelques années là-bas et y expérimenter la vie.

-   C'est une vision positive.

-   D'aller aux États-Unis et d'y travailler ?

-   Oui, mais je précise pour acquérir une expérience de la vie. Je le pense et je crois même que c'est une bonne chose.

-   Absolument, l'immobilisme est finalement source de déprime et de paresse. Il faut bouger ! Oui, c'est bien pour un temps. J'aimerais après mes études, pouvoir choisir le pays où je vivrai. C'est pour cela que je voudrais travailler dans différents pays et y vivre un certain temps avant de choisir l'endroit qui me convient. Seulement après je songerai à me marier et à fonder une famille .»

Le choix, c'est bien un grand mot, un luxe suprême que bien des personnes comme la jeune femme afghane ou le jeune Africain, ne peuvent même pas imaginer dans leurs rêves. Je me demande, ce qui différencie Orlika de ces deux autres jeunes gens. Orlika a le choix, mais les autres, on choisit pour eux ! Je pense au livre qu'Orlika est en train de lire, à toutes ces langues qu'elle maîtrise à son âge, je pense à toute cette énergie et cet enthousiasme qui lui permettent de façonner son monde. Avec certitude je dis à Orlika :

« Je n'ai aucun doute, vous réussirez !

-   Ce n'est pas évident, mais je ferai tout pour ça !

-   Vous réussirez, soyez en certaine. »

J'observe le sourire de satisfaction d'Orlika puis les lumières de la gare d'Osnabrück qui attirent mon regard par la fenêtre. Le train ralentit son allure. Je compare toujours Orlika à ces millions de jeunes filles et garçons de pays sous-développés. Tes paroles défilent dans mon esprit, je pense à toi qui portait une telle attention à ces différences et à ton chagrin face ces gens qui n'avaient que la fuite et l'exil comme seules échappatoires. Tu parlais du monde qui domine, du monde qui gouverne, puis de celui qui est gouverné, celui qui est vaincu et celui qui n'a aucun choix. Je me rappelle tes colères en évoquant ce gouffre séparant ces différents mondes, l'esclavage moderne qui réclame davantage de bras que de cerveaux intelligents, instruits et clairvoyants. Parfois tu perdais ton sang-froid et tu déversais toute ta rage sur moi, je comprenais alors que tu arrivais dans une impasse intellectuelle, tu me faisais face et tu me disais :

« Pourquoi tu es venu ici ? Que fais-tu ici ? Pourquoi tu n'es pas rentré dans ton pays, pourquoi tu ne veux pas y retourner ? »

Tu m'avais posé cette question plusieurs fois et tu en connaissais la réponse mais tu ne pouvais t'empêcher de la poser encore. On aurait dit que tu cherchais à découvrir une autre raison ou à t'obliger à échapper à cette voie sans issue. Finalement, moi, je me taisais car tu connaissais ma réponse : les conditions et les raisons de mon exode. La dernière fois, il y a quelques semaines, avant ton voyage, tu étais encore en colère à cause de nouvelles informations sur la politique migratoire de certains pays européens. Et tu m'as encore posé la même question et je t'ai donné ma réponse habituelle car c'était la raison de ma venue en France. Une fois de plus après avoir écouté ma réponse, tu m'as demandé :

« Pourquoi tu n'es pas rentré après avoir fini tes études ?

- Pourquoi je ne suis pas rentré ?

- Oui.

- Je l'aurais voulu, mais je ne pouvais pas !

- Tu n'as pas pu ?

- C'est ça.

- Pourquoi ?

- Car je t'ai trouvé, toi !

- Moi ?

- Oui, toi qui es devenue et demeure tout pour moi. »

Tu t'es tue un moment, gênée de m'avoir encore fait subir un nouvel interrogatoire puis, en te retournant pour sortir du salon, tu m'as dit calmement :

« Si tu le souhaites, je viendrai avec toi. Bien entendu si on m'autorise à travailler et à vivre là-bas !

- Ce n'est pas évident du tout, peut-être que tu pourras y séjourner quelque temps, et encore, sous quelles conditions ? C'est possible aussi que moi je ne trouve pas de travail. Tu connais la situation politique et celle du marché de travail là-bas, il y a de plus en plus de jeunes diplômés qui viennent grossir les rangs des chômeurs. »

Tu m'as jeté un regard furtif, sans me répondre tu es partie t'occuper dans la cuisine.

Il est presque minuit. Le train s'arrête dans la gare d'Osnabrück et le chef de train annonce deux heures d'arrêt. Orlika me regarde et me dit :

« On est ici pour deux heures, c'est le meilleur moment pour dormir sans bruit et sans secousse ! »

Elle ferme son livre et le range dans son sac. Elle remue quelque peu sur son siège, appuie la tête au dossier et ferme les yeux. Quelques instants plus tard, je l'imite.

Je ne me rends pas compte du passage du temps et je ne sais pas quand le train s'est remis en route. Un sifflet me sort de ma torpeur dans la gare d'Hanovre. Orlika fixe son regard endormi sur mes lèvres souriantes. L'Allemand rassemble ses affaires et s'apprête à descendre du train. Il est trois heures, il quitte le wagon. Un moment plus tard un jeune Maghrébin parlant français, accompagné de deux amis entrent dans le compartiment. Je pense qu'il est marocain. Il range sa veste et son sac. Ses amis qui semblent installés dans le compartiment d'à côté sortent dans le couloir. Il les rejoint pour discuter, tous les trois accoudés à la fenêtre.

Je les regarde, un souvenir fait surface dans ma mémoire. Deux années auparavant, une après-midi de janvier, nous étions assis dans notre salon et nous buvions un café ensemble. Ton téléphone a sonné, après un court dialogue avec quelqu'un tu t'es levée, tu as enfilé ton manteau, tu as saisi ton sac à main et tes clés et tu m'as dit :

> « C'était Ayline du bureau de l'office français de protection des réfugiés et apatrides. Elle m'a demandé d'aller la voir.

- Elle ne t'a pas dit pourquoi ?
- Si, elle m'a dit que ça concernait quelques réfugiés.
- Des réfugiés d'où ?
- Des Irakiens et Syriens qui viennent d'arriver. Mon nom et mon numéro de téléphone étaient dans la poche des deux enfants syriens.
- Sérieux, deux enfants syriens ?
- Oui.
- Tu veux que je vienne avec toi ?
- Non, j'y vais et je reviens vite. »

C'était une après-midi grise et il neigeait. En sortant tu étais perdue dans tes pensées et c'était précisément l'objet de mon inquiétude. J'aurais voulu venir avec toi mais tu n'aimais pas me voir interférer avec tes travaux de recherche et tes activités sociales ou humanitaires. Bien sûr quand je voyais ta désapprobation, je n'insistais pas. Tu es partie et revenue quelque deux heures plus tard accompagné d'un jeune Marocain du nom de Foued Mohamed et des deux enfants syriens. Tu portais un grand sac plastique rempli d'achats pour les deux enfants. Tu m'as présenté le jeune Marocain et les deux enfants originaires d'Alep. Foued était de taille moyenne, le visage rond avec une barbe peu fournie mais relativement longue. Il semblait très poli et calme. Il évitait de nous regarder dans les yeux en nous parlant. Il m'a dit bonjour et a parlé dans un français sans accent. Je me disais qu'il devait faire partie d'une génération d'immigrés nés et éduqués en France. Parlant arabe, il te servait d'interprète auprès des enfants. Il t'avait été présenté par Ayline.

Les deux enfants syriens, un garçon de huit ans du nom d'Ibrahim et une fille de onze ans du nom de Belghisse, étaient maigres et nous regardaient avec crainte. Malgré toute l'attention et le respect qu'on leur manifestait, on pouvait lire la solitude et la peur dans leur regard. On avait l'impression qu'ils s'attendaient à tout instant à entendre des cris et des pleurs. Tu as fait asseoir les enfants sur le canapé et dit à Foued que tu allais leur faire prendre un bain et leur faire mettre des habits neufs que tu venais de leur acheter. Foued leur a traduit ce que tu avais dit et pendant que tu les emmenais vers la salle de bain, tu m'as demandé de préparer ou de commander des hamburgers, des frites et des sodas au goût des enfants. J'ai commandé cinq menus par téléphone.

Une fois les enfants lavés, coiffés et vêtus d'habits neufs, leur regard avait changé. Tu m'as dit qu'ils n'étaient pas frère et sœur mais venaient du même village à côté d'Alep. Ils étaient orphelins, toute leur famille avait été tuée dans la guerre. Des femmes et des hommes de leur village les avaient emmenés avec eux en Turquie et de là, accompagnés par d'autres réfugiés, ils avaient rejoint la France. Un réfugié que tu avais rencontré dans un camp en Turquie, les avait suivis jusqu'en France. C'est lui qui avait recopié tes coordonnées à partir de ta carte de visite et les avait glissées dans la poche des enfants. Puis la police les avait trouvées en fouillant leurs poches. C'était l'objet du coup de fil d'Ayline. Tu avais donné aussi ta carte de visite à quelques responsables de camp. Tu avais précisé à Ayline que tu étais toujours prête à apporter aide et assistance autant que tu pouvais. Les enfants devaient rester sous protection jusqu'à l'étude de leur cas. Ils t'avaient autorisé à prendre les enfants sous ta responsabilité pendant quelques heures. Ensuite nous avons fait un tour en ville, tous ensemble, les enfants ont fait quelques tours de manège et tu leur as acheté encore quelques affaires. J'étais ébahi par ta générosité.

À notre retour à l'appartement, nous nous sommes installés dans la cuisine pour manger les hamburgers. Il n'y avait que quatre chaises, tu as insisté pour rester debout mais j'ai refusé et je suis allé chercher pour m'asseoir un tabouret en plastique qui se trouvait sur le balcon. Nous nous en servions habituellement pour attraper des objets trop haut placés. Alors tu t'es assise sur une chaise et moi une fois assis sur le tabouret, j'avais juste la tête et les épaules qui dépassaient de la table. Cela a déclenché un fou rire chez les enfants. J'avais l'air d'un nain à tes côtés. Cette joie et les rires des enfants nous ont accompagnés pendant tout le dîner. Les enfants semblaient avoir un peu baissé la garde, mais une certaine crainte persistait encore.

Après le dîner tu as donné aux enfants les jouets que tu avais achetés, ainsi que d'autres habits et tu as rempli leurs poches de bonbons et de chocolats. Puis tu les as confiés à Foued pour qu'il les raccompagne à leur résidence temporaire. Tu as remercié le jeune homme et tu as précisé que tu allais appeler Ayline pour la tenir informée. Tu as pris chaleureusement les enfants dans tes bras, tu les as embrassés puis raccompagnés jusqu'au palier. Tu es vite allée vers la terrasse pour les regarder s'éloigner. Tu murmurais sans cesse, pourquoi ces enfants sont orphelins et sans domicile, pourquoi ? Qui allait dire à ces enfants comment, quand et pour quelle raison leurs parents avaient été tués ? Qui allait répondre de tout ce mal répandu sur terre ?

Tu t'es mise à pleurer doucement et j'ai vu tout le poids de la laideur et du chagrin du monde s'appesantir sur ton cœur.

Ah, mon Dieu, si les Foued Mohamed, les Abdeslam et les autres assassins qui ont exécuté par balles tant d'innocents, avaient pu comprendre tes complaintes dénonçant une abomination en gestation.

Noyé dans ton souvenir, je ne sais même pas quand, je me suis rendormi. Au petit matin, je fais un rêve ; je te vois assise à côté de moi, je pose ma tête sur ton épaule.

La main d'Orlika vient me secouer et me sortir de ce doux mirage. Je me rends compte que je m'appuie sur son épaule !

Confus, je lui demande pardon et je me repositionne correctement. Orlika, ensommeillée mais souriante me rassure :

« Ce n'est pas grave ! Je vous ai réveillé pour dire qu'on arrive bientôt à Hambourg. »

Je regarde par la fenêtre, l'aube s'annonce à l'orient. Le train ralentit à l'approche de la gare. Je regarde ma montre : il est six heures et quart. Je me dis que j'irais bien faire quelques pas dans la fraîcheur du petit matin. Je demande alors à Orlika :

« Combien de temps le train s'arrête ici ?

- Je ne sais pas, mais une fois arrivés, le chef du train nous l'annoncera.

- J'aimerais bien marcher un peu et prendre un café. De toute façon il faut aussi acheter le billet pour Copenhague.

- Moi aussi.

- Alors vous venez avec moi ?

- Oui. »

Un moment plus tard le train s'arrête à Hambourg et une annonce nous informe d'une heure d'arrêt. Je me réjouis de sortir, de marcher et de respirer l'air frais. Mes jambes sont engourdies. Je les masse et après quelques flexions et extensions des chevilles, je me lève péniblement.

La jeune femme afghane me demande :

« Sommes-nous arrivés à Copenhague ? Il faut descendre ?

- Non, nous sommes à Hambourg en Allemagne et le train s'arrête une heure avant de repartir pour Copenhague. Vous pouvez rester ici ou descendre mais ne vous éloignez pas. Je vais marcher un peu, je reviendrai. »

J'étais déjà venu à Hambourg, c'est un grand port et la deuxième ville d'Allemagne. C'est une belle ville. Les haut-parleurs de la gare diffusent doucement une symphonie de Beethoven, la cinquième je crois. Je ne suis pas certain, peu importe, c'est tellement apaisant. Je quitte les quais, puis je sors de la gare et sur la place je tourne à gauche. Orlika, qui me suit m'interpelle :

« Vous allez où ?

\- Je voudrais marcher un peu. »

Elle sourit et comprend mon souhait de rester seul un moment. Je passe devant une église et j'arrive un peu plus loin dans une petite rue où se trouvent quelques vieux hôtels. Je passe devant sans y prêter vraiment attention, par contre mon regard est attiré par le sol pavé, jonché de mégots de cigarettes, coincés dans les joints des pierres. Je me dis qu'avant ce n'était pas comme ça, les rues de Hambourg étaient propres, mais plus maintenant ! Je me dis que le comportement de la nouvelle génération, les migrants et les contraintes économiques ne laissent plus de place pour considérer la propreté et la beauté. J'arrive dans une rue bordant la mer, le feu piéton passe au vert et je traverse la rue bordée de conifères et de mauvaises herbes. Je m'arrête sous un arbre pour observer l'autre extrémité de la ville, les navires accostés au port et les bateaux qui tanguent au loin au gré du vent et des vagues. Le vent est frais et de faible intensité. Je reprends ma marche. Plus loin deux cygnes flottent côte à côte paisiblement, dégageant une volupté et un calme extraordinaire par leur présence. Eux ne restent jamais seuls, me dis-je. Je poursuis mon chemin derrière un groupe de femmes et je constate une plus grande affluence dans la rue, probablement des gens qui se rendent à leur travail. Je fais demi-tour et reviens sur la place devant la gare par le même chemin, en sens inverse.

J'y trouve Orlika, air un peu inquiet de ne pas m'avoir vu revenir plus tôt. Je ne peux que m'incliner devant tant d'égards et d'empathie manifestes depuis qu'elle a appris le drame de ma vie.

Elle m'interroge :

« Ça vous dit un café ?

- Oui, mais allons d'abord acheter notre billet pour Copenhague. Je n'aime pas utiliser les automates. »

Nous allons directement au guichet mais il y a une longue file d'attente. Nous avons le ticket numéro 25. Vingt minutes plus tard, nous sommes appelés au guichet numéro 5. Je demande les mêmes numéros de siège dans le même wagon. Heureusement, tout est disponible. Les billets en poche, nous allons à la cafétéria de la gare, nous nous installons à une table devant les fenêtres donnant sur la rue et nous commandons nos cafés.

Orlika me rappelle que nous avons encore au moins quatre heures de voyage devant nous jusqu'à Copenhague. Mon portable sonne, c'est le docteur Onika Berry, elle faisait partie de ton groupe de recherche. C'est elle et le docteur Olssen avec quelques autres chercheurs qui ont organisé cette cérémonie à ta mémoire. Elle me demande où je me trouve et à quelle heure j'arrive à Copenhague. Je regarde mon billet, midi quarante. Elle me souhaite bon voyage et me propose de venir me chercher à la gare en compagnie du docteur Olssen.

Nous discutons avec Orlika de la situation des universités et de sa vie d'étudiante. Je me rends compte de ma vision tronquée de la vie, des aspirations des jeunes étudiants et du fossé qui nous sépare. Je suis plongé dans mes réflexions quand Orlika me demande :

« À quoi vous pensez ?

- Je me dis que je n'ai que trente-un ans mais face à vous et les jeunes d'aujourd'hui je me sens tellement vieux ! Je trouve tant de différences entre vos exigences à vous, celles de la jeunesse et les miennes, des visions vraiment divergentes.

Orlika sourit :

- Non, je ne crois pas qu'il y ait autant de différences que ça. C'est effectivement peut-être votre impression ou alors c'est à cause du chagrin qui s'est imposé à vous ; le deuil d'un être cher modifie votre angle de vue sur ce monde. »

Ces paroles me renvoient à notre discussion sur exactement le même sujet, l'été passé ; tu t'insurgeais contre moi :

« Nader, mais est-ce qu'il est indispensable que tu t'enfermes à ce point dans ta carapace ? Nous sommes jeunes et toi, ta vie se résume à ton travail et moi. Sors de ta bulle, pense aux problèmes de notre monde à tous, sors dans la rue, va t'amuser, pense à ta santé…
Puis tu continuais avec assurance :
Nous changerons notre manière de vivre dès demain, nous allons sortir, nous irons au cinéma, à la piscine…
Je viendrai avec toi mon chéri, ce qui ne t'empêchera pas de rester seul de temps en temps ! »

Seul, seul au monde je le suis désormais, plus que jamais.

On annonce le départ du train et nous rejoignons notre wagon. Me voyant revenir, l'inquiétude se dissipe dans le regard de la jeune femme afghane. Le train se remet en route et environ trente minutes plus tard nous entrons dans un navire amarré au quai, qui nous transporte jusqu'à l'autre rivage de la mer. Une voix nous annonce la durée de la traversée, une heure, et nous propose de descendre du train. Orlika, la jeune femme afghane, ses enfants et moi descendons du train. Nous prenons un ascenseur pour monter sur la passerelle. Orlika qui avait effectué ce voyage à de nombreuses reprises, nous propose de monter au dernier étage pour profiter de la vue.

Je commande à la cafétéria du bateau des hamburgers et des frites pour Orlika, la jeune Afghane et ses enfants, et pour moi une tasse de chocolat chaud. La jeune Afghane, selon les us et coutumes orientales, comme nous les Iraniens, décline mon invitation puis demande à payer sa part. Je lui réponds : même si nous ne venons pas du même pays, nous parlons la même langue. Je lui demande d'accepter mon invitation. Elle l'accepte.

Je regarde au loin l'horizon bleu, les hélices des éoliennes implantées en pleine mer tournant à plein régime et les nombreuses vagues surmontées d'écume blanche qui agitent la surface de la mer tumultueuse. Ces vagues traduisent bien mes sentiments.

CHAPITRE 13

Il est midi quarante, nous sommes dimanche, le train entre en gare de Copenhague. Orlika est heureuse de rentrer chez elle, dans sa ville. Même si elle est mal réveillée, avec les yeux bouffis, son visage fatigué n'a pas perdu son sourire. La jeune femme afghane descend du train, elle a l'air fatiguée elle-aussi mais semble pleine d'espoir :

« Grâce à Dieu, Monsieur, je commence à entrevoir la fin du voyage.

Je suis étonné et je lui demande :

- Mais votre voyage ne s'arrête pas ici ?
- Non, nous devons nous rendre à Stockholm.

- Vous résidez en Suède ?

- Non, mais j'ai de la famille à Stockholm. Mon beau-frère est là-bas.

- Alors vous habitez en Hollande ?

- Non, nous sommes en voyage depuis sept jours.

- Sept jours de voyage ?

- Oui.

- Ah bon !

- Vous savez ce qui se passe en Afghanistan, il n'y a aucun avenir. Mon beau-frère a trouvé un passeur pour nous faire entrer clandestinement en Europe puis à Stockholm en échange d'une somme d'argent très importante.

- Mais pourquoi être passé par Amsterdam ?

- À vrai dire je ne sais pas ! Au départ nous nous sommes enfuies d'Afghanistan vers l'Iran avec un groupe d'Afghans. À Téhéran nous avons pris l'avion pour Antalya comme touristes. D'Antalya ils nous ont transportés en car, de nuit, jusqu'à un petit port près d'Izmir. Nous y sommes restés vingt-quatre heures et le lendemain soir ils nous ont transportés en bateau jusqu'en Grèce où nous avons débarqué vers minuit sur une plage déserte. Ils nous ont dit de partir vite. Nous avons marché pendant cinq heures jusqu'à la première ville. Dieu merci la police ne nous a pas repérés ou en tout cas ils ne nous ont pas interpellés. Un des contacts du passeur nous y attendait. Il est venu nous recueillir et nous a cachés dans une maison pendant deux jours. Le troisième jour, il est venu me voir et m'a demandé combien d'argent j'avais sur moi. Je lui ai dit sept mille euros. Il m'en a pris trois mille. Il est revenu quelques heures plus tard avec trois billets d'avion pour Amsterdam. Il est venu avec nous jusqu'à Amsterdam où il nous a acheté les billets de train pour Copenhague. Et maintenant nous partons à Stockholm.

- Pourquoi il n'a pas pris les billets directement pour Stockholm, au lieu de vous faire faire ce détour ?

- Je ne sais pas. Peut-être ils ne veulent pas qu'on les identifie. Ils m'ont expressément recommandé de ne pas parler d'eux et de dire que nous étions venues jusqu'ici seules.

- Donc quelqu'un vous attend à Stockholm !

- Oui.

- Vous voulez passer un coup de fil ?

- Non, ils savent que nous arrivons cet après-midi à Stockholm.

  Celui qui nous a emmenées a fait passer l'information.

- Vous avez les billets pour Stockholm ?

Elle ouvre alors son porte-monnaie, me montre des billets de cent euros et me dit :

- Non, nous n'avons pas de billets de train. J'apprécierais si vous pouviez avoir la gentillesse de les acheter pour nous. »

J'aborde le sujet d'achat de billets avec Orlika qui attendait à nos côtés et nous observait. Elle nous accompagne au guichet. Orlika me demande l'âge des enfants de la jeune Afghane. Je traduis pour elle. La jeune femme tend de l'argent à Orlika et dit trois et sept ans. Orlika donne l'âge des enfants à la guichetière et demande trois billets pour Stockholm dans le train de quatorze heures trente.

Nous les accompagnons jusqu'au quai. Au moment de dire au revoir, elle me dit :

« Mais Monsieur, je ne connais même pas votre nom !

- Nader, je suis architecte et je vis en France à Lyon et cette dame s'appelle Orlika, elle m'a très gentiment accompagné pendant mon voyage. »

Orlika nous regarde en souriant. Je pense qu'elle a deviné le sujet de la discussion avec la jeune Afghane. Celle-ci me remercie vivement et me dit qu'elle priera pour le bonheur dans nos cœurs, puis elle dit au revoir. Je lui rends la politesse en passant la main sur la tête et l'épaule des enfants.

Orlika me demande :

« Vos amis vous attendent où ?

- Sortie Est, je crois. »

Elle me montre le chemin et nous nous dirigeons vers la sortie. Le docteur Onika Berry et le docteur Olssen m'y attendent. En me voyant ils me font de loin des signes de la main. Nous avions déjà discuté par vidéo interposée mais c'est notre première rencontre. Nous nous serrons la main et ils me disent regretter vivement ton absence mais sont contents de me voir à Copenhague.

Orlika, après un moment de discussion, me donne son numéro de portable, me dit de ne pas hésiter à l'appeler en cas de besoin et s'en va. Les docteurs Olssen et Berry m'emmènent à mon hôtel à proximité de l'université. J'ai besoin de repos.

Je me suis rappelé de toi, un jour, après un voyage en train à Copenhague, tu m'avais dit que tu ne pouvais plus tenir debout à cause de la fatigue. Tu avais pris une longue douche dans ta chambre et tu avais dormi jusqu'au lendemain matin. C'est pourquoi pour le retour tu avais renoncé au train et pris l'avion jusqu'à Genève. Je ferai peut-être la même chose. En attendant mon enregistrement à l'hôtel, je discute avec tes collaborateurs dans le hall et je leur dis que j'ai apporté tes derniers carnets de notes. Ils me donnent rendez-vous le lendemain matin. La cérémonie à ta mémoire aura lieu mercredi après-midi. Cela me laisse trois jours pour visiter la ville. Je prends une douche dans ma chambre, j'ai besoin d'un long sommeil. Je ne cesse de penser à toi.

CHAPITRE 14

Qu'est-ce que le temps ? Pourquoi sommes-nous tant prisonniers du temps ? Comme j'aurais aimé, un instant, un seul instant, contrôler le cours du temps et empêcher certains évènements de se produire.

Tu es venue une seule fois à Copenhague, c'était pour rencontrer tes collaborateurs universitaires à propos de ton projet de recherche. À ton retour tu m'as tellement parlé de Copenhague ! Contrairement à d'habitude, quand on demandait ton opinion sur les choses tu te contentais d'une phrase concentrée et brève, mais là, tu ne tarissais pas d'éloges et d'anecdotes sur cette ville calme et belle, sur ses habitants éduqués et patients. Tu m'avais dit qu'il fallait prendre son temps et tout regarder en détail. Alors pendant ces trois derniers jours j'ai appliqué tes conseils à la lettre, j'ai marché et observé. Je n'ai même pas pris les transports en commun ni de taxi pour visiter tous les endroits que tu m'avais décrits.

En ce moment je suis assis dans le hall d'accueil de l'hôtel et j'attends ton frère Alfred. Il n'est venu que pour la cérémonie ; arrivé ce matin, il repartira ce soir. La cérémonie va débuter dans un peu plus d'une heure et nous devons prendre la parole pour parler de toi. Moi, je serai le dernier intervenant. J'ai déjà la gorge serrée, je ne sais toujours pas ce que je vais dire. Ma vie a commencé et a pris fin avec toi. Qui a dit que l'amour était le commencement et l'aboutissement de toute chose ? Non, l'amour est la fin de toute chose. Toi et ton amour, vous m'avez fait tout découvrir, je n'ai plus besoin de rien ni de personne. Mon cœur est rempli de ton nom et de tes souvenirs. Partout où je suis allé, tous ceux que j'ai rencontrés n'ont fait que me parler du drame du Bataclan, de ton assassinat et exprimer mille regrets de me voir aussi seul. En réalité ils n'en savent rien ! Je ne suis pas seul, je ne l'ai jamais été ! Tu as toujours été et tu continues d'être à mes côtés. Ton amour est en moi, dans mon cœur.

Ce que je regrette, c'est que l'âme sombre des criminels qui t'ont déversé leur haine à travers leurs balles, ne t'ait jamais entendu prononcer le mot Amour. Je regrette que ces balles ne se soient pas logées dans mon corps à la place du tien. Je prends pour témoin le miroir qui reflète mon visage ; tu connaissais la signification et la valeur du miroir ainsi que la vérité universelle que son image transmet. Tu aimais y observer ton image et celle des choses. Un jour, alors que tu te tenais face à un miroir, je t'ai observé attentivement de dos. Ton reflet se percevait différemment des choses de ton environnement, il révélait un autre destin.

Rappelle-toi, tu m'as vu, tu t'es retournée et tu m'as demandé ce que je voyais !

Je t'ai répondu :

> « Heureux ce miroir parmi les objets de ce foyer qui a la joie et le privilège de cadrer ton image, refléter ta lumière et ton éblouissante beauté.
>
> - C'est juste, il renvoie notre image à toi et à moi mais il n'est pas heureux car il est obligé de dire la vérité.
>
> - Quelle vérité ?
>
> - La vérité crue sur chaque chose, sur chaque instant, la vanité, le narcissisme et le temps qui pass. N'oublie jamais, un miroir dit toujours la vérité ! »

J'ai à cet instant saisi ta préoccupation du temps qui s'écoule irrémédiablement. Toi aussi, tel un miroir, avais trouvé la vérité cachée de ce monde.

Je suis perdu dans l'évocation du passé quand j'entends la voix d'Alfred. Je lève la tête, il est là en face de moi, une petite valise à la main. Il porte un costume deux pièces noir, une chemise blanche et une cravate noire. Il n'a réussi à se libérer qu'une seule journée, à cause des rendez-vous avec ses patients qu'il ne pouvait pas déplacer. Il est arrivé ce matin en avion et repartira ce soir. Moi aussi je vais repartir mais pas en avion, je reprendrai le train à vingt heures. Il me demande :

> « Tu as commandé un taxi ?

–   Quoi ?

–   As-tu appelé un taxi ?

–   Non, pas besoin de taxi, la salle de conférence est juste
    à côté, on peut y aller à pied. »

Nous quittons l'hôtel et nous prenons la direction de
l'université à pied. Alfred est un peu inquiet :

« Tu as préparé ou écrit quelque chose ? Qu'est-ce que
tu vas dire ?

–   Non, je n'ai rien écrit, ce n'est pas nécessaire.

–   Alors qu'est-ce que tu vas dire ?

–   Je parlerai des croyances et des souhaits d'Adèle.

–   Des croyances et des souhaits d'Adèle ?

–   Absolument !

–   Moi, j'ai écrit quelques lignes mais j'hésite, je ne sais
    pas si je vais les lire ou pas.

–   Pourquoi hésiter ? Qu'est-ce que tu as écrit ?

–   Des choses que je connaissais d'Adèle, sur sa
    psychologie et sur sa personnalité, à propos de sa
    grandeur de cœur et de sa compréhension
    extraordinaire du monde. Tu sais, quand notre mère
    est décédée, Adèle, malgré son jeune âge a pris soin de
    moi comme une mère sans jamais me laisser seul. »

Gorge nouée, il s'arrête de parler. Je lui serre le bras en signe
de compassion :

« C'est parfait ce que tu as écrit, lis ça. »

Nous arrivons sur le campus universitaire et nous nous
dirigeons directement vers la salle de conférence. Une très
grande affiche de la cérémonie, avec ta photo, est installée à
l'entrée. Ta photo est très belle ; tu y es souriante, installée

derrière une table, devant une fenêtre et tu regardes les arbres et les fleurs d'un jardin éclairé par les rayons lumineux du soleil. Ce sont les annotations dans tes manuscrits qui ont inspiré le titre tout en haut de l'affiche : *Elle était comme l'eau pure*. Je savais ce que signifiait la lumière pour toi et la raison de ton sourire. Tu étais réellement comme l'eau pure, limpide, généreuse et bienfaitrice. La lumière et la clairvoyance résument bien ta pensée.

Quelques tomes de ton livre intitulé *Les liens culturels des peuples du monde*, édité par les œuvres universitaires de la faculté de Copenhague, ornent le bas de l'affiche. Le salon est rempli de professeurs, d'étudiants et de gens de tous horizons et de toutes ethnies : des Iraniens, des Afghans, des Turcs, des Africains du Nord, des Arabes… Des étudiants s'affairent à distribuer des brochures et des programmes, à guider les participants et aider à l'organisation.

Je repère aussi Orlika au loin, à l'autre entrée, diffusant aussi des brochures. Elle nous aperçoit, Alfred et moi, elle s'approche, visage ouvert mais allure sérieuse. Elle me dit bonjour, je fais les présentations avec Alfred. Elle se dit heureuse de faire la connaissance d'Alfred, puis se tourne vers moi :

> « Après vous avoir rencontré dans le train j'ai eu envie de participer à l'organisation de cette cérémonie.

- Je vous remercie.
- J'en suis fière. Paix à son âme. En lisant son livre ces trois derniers jours, je n'ai éprouvé qu'admiration et regrets. Quelle femme extraordinaire !
- Oui, extraordinaire ! Je vous remercie de vous être intéressée à son travail.

-   Je devais le lire ! Parfois lire est une répétition, c'est
    vous-même qui l'avez dit.
-   Moi ?
-   Oui, dans le train.
-   Mais la répétition de quoi ?
-   La répétition d'une idée, d'une pensée, d'un souvenir :
    un travail de mémoire.
-   Oui, certainement. »

Elle rit et se tourne vers Alfred :

    « Vous allez certainement nous parler aujourd'hui de
    vos souvenirs avec votre sœur. »

Alfred dit oui avec étonnement. Orlika sourit à nouveau. Elle
ravive vraiment ton souvenir dans mon esprit.

    « Je suis impatiente de vous entendre. Je vous en prie,
    venez. »

Elle incline la tête en signe de respect et retourne à l'accueil
des participants. Alfred, toujours étonné me regarde :

    « Qu'est-ce qu'elle ressemble à Adèle ! Elle a
    quasiment la même voix et la même manière de parler.
    Tu la connais d'où ?

-   De la gare d'Amsterdam. Elle prenait le même train
    d'Amsterdam à Copenhague. Nous étions aussi dans
    le même compartiment et nous avons longuement
    discuté. Elle est très cultivée, une vraie intellectuelle. »

Je regarde derrière moi. Orlika est à côté de la porte d'entrée,
elle est dans l'ombre et semble floue. Les voix du docteur
Onika Berry et du docteur Olssen, venus à notre rencontre,
captent mon attention. Je réponds à leurs mots de bienvenue.

Ils nous invitent à les suivre jusqu'aux chaises qui nous sont réservées.

La cérémonie préparée par un étudiant débute par une courte vidéo qui te présente. Le docteur Olssen est le premier orateur. Il parle du sérieux de tes recherches et de tout ce qu'il a appris grâce à toi. Il parle de toi comme une de ses plus grandes collaboratrices et nous demande de prier pour que de telles atrocités ne se produisent plus jamais.

Le docteur Onika Berry parle de toi en montrant une série de photos prises en ta compagnie en Turquie, en Irak et en Syrie. Le troisième intervenant est ton frère Alfred. Il est bouleversé, il parle de ses souvenirs d'enfance avec toi, de tout ce que tu faisais pour le satisfaire. Ses paroles émeuvent tout l'auditoire. Moi, le dernier intervenant, je suis encore sous le coup de l'émotion et sidéré. J'ai perdu la parole. J'arrive à la tribune, je garde le silence quelques instants. Mon cœur tremble et je débute mon discours d'une voix étouffée :

> « Mesdames et Messieurs, avant toute chose je voudrais vous remercier tous, et tout particulièrement les collaborateurs de mon épouse Adèle, à savoir le docteur Olssen, le docteur Berry et les très honorables responsables de cette université de Copenhague, d'avoir organisé cette cérémonie de souvenir. Depuis le jour où le docteur Olssen m'a contacté pour me convier à venir ici à Copenhague et à prendre la parole lors de cette cérémonie en votre présence, j'ai eu envie de vous parler d'Adèle, de ce qu'elle était. Je voulais vous parler de son Amour infini pour la vie, la nature et ses éléments. Pour elle, les plus sublimes de ces éléments étaient la lumière et l'eau. Je voulais vous

parler aussi de la flamme de mon amour pour elle. Mais j'en suis incapable, à l'instant où je me suis tenu ici, debout devant vous, je me suis perdu. J'ai l'impression que celui qui se tient ici devant vous, ce n'est pas moi, mais Adèle. Elle a pris possession de mon corps et de mon âme, je suis devenu, elle. Je suis incapable de parler d'elle et de notre amour… »

Ma langue se crispe et ma gorge se noue, je ne peux poursuivre mon discours. Je descends de la tribune. L'auditoire applaudit. Le docteur Berry se lève, vient vers moi et me prend dans ses bras pour me réconforter. Je la remercie et je retourne à ma place. La cérémonie se clôture par une minute de silence et de recueillement.

Le soleil va se coucher, Alfred est pressé de se rendre à l'aéroport et moi à la gare. Nous disons au revoir à nos hôtes, les docteurs Olssen et Berry. En quittant la salle, j'aperçois Orlika, toujours debout devant la porte d'entrée, son teint, son visage et son regard ont changé. Je la remercie. Elle me demande :

« Vous partez ce soir-même ?

-   Oui.

-   Qu'allez-vous faire désormais ?

- Je ne sais pas !
- Je pense que vous devriez reprendre et poursuivre les travaux d'Adèle.
- Certainement.

Elle me regarde avec intensité, droit dans les yeux et me dit :

- Je le savais. J'espère que nous nous reverrons. Bon courage.

Je détache mes yeux de son regard, mon cœur tremble, je lui dis doucement :

- Je vous remercie et je vous souhaite beaucoup de réussite. Au revoir.
- Au revoir. »

Nous quittons la salle et l'université et nous rentrons à l'hôtel. Alfred a peur d'être en retard. Nous prenons nos affaires. Je règle la note et nous sortons de l'hôtel. Nos chemins se séparent ici, lui va à l'aéroport et moi à la gare. Il me serre la main, me prend dans ses bras et me dit :

« À bientôt j'espère. C'est toi qui viens nous voir ?

- Oui, je viendrai. Mais si jamais tu viens en France, fais-moi signe.
- Oui, certainement. »

Il monte dans le taxi et s'en va. Je prends mon sac et ma valise et je me mets en route à pied. Contrairement à l'arrivée, ma valise est toute légère et je la porte aisément. La gare n'est pas très loin, et j'ai le temps. Je marche tranquillement en pensant à ce que les gens auraient pu faire après ce massacre, à part allumer des bougies et porter des fleurs. Je me réponds, rien ! Il est vingt heures trente, j'arrive à la gare. J'ai une sensation terrible de solitude. Je regarde les panneaux d'affichage puis me dirige vers le quai et monte dans le train. Il n'y a quasiment personne dans le wagon, sept ou huit voyageurs à peine. Le train démarre, je regarde la mer et vois au loin les lumières de la ville de Malmö en Suède et le pont qui relie les deux pays, les voitures et les trains qui le traversent. Mais mon esprit est perdu dans les reflets rouge sombre que la mer renvoie et le sable blanc des plages rincé par les hordes de vagues. Je peux quasiment sentir le souffle du vent déferler sur la mer. Un peu plus loin un couple de jeunes parents, avec leur enfant en bas âge qui tient la main de son père, se promènent sur la plage en discutant. De temps en temps ils s'arrêtent et portent la main devant leur front en guise de pare-soleil pour mieux observer l'horizon lointain. Ils échangent quelques mots et éclatent de rire. Peut-être qu'ils s'amusent en se rappelant quelques souvenirs heureux. Le soleil se couche et la nuit réclame ses voyageurs. Mais pas moi, même si je suis assis seul, je sais désormais que je ne le suis pas. Tu es avec moi et je poursuis ta voie lumineuse. Adèle, tu as pris possession de mon âme.

28 nov. 2015 Ouroumieh, Iran.

Authors Biography :
ESMAIEL YOURDSHAHIAN

Esmaeil Yourdshahian (Urmia), the contemporary Iranian poet and writer in the conceptual style, was born on March 26th, 1955 in the city of Oroumieh in Iran. He pursued his studies in the fields of culture and civilization, as well as in psychology. For many years, he has been teaching and researching in different universities in Oroumieh, and working with other universities and literary circles around the world. He has published 15 books of poetry, 5 novels, 3 books on linguistics and ethnography, and 37 academic articles in international journals. His third novel, Where I Was Born, is different. In this literary and artistic portrait, Yourdshahian depicts the lives of a group of migrant Americans in Iran, 150 years ago. It is about some men and women who went to serve people there and give a new meaning to their lives."

Translator's Biography:
Nader Andre DADGAR NOWBARIAN

Nader Andre Dadgar Nowbarian is a native of Iran and French nationality. He completed his secondary education in Grenoble in France, at lycee Stendhal where he had the opportunity and privilege to have had a French literature teacher who was able to instill in him a love of the French language and literature.

After finishing medical school, complemented by a master's degree in science, he explored the world of journalism with a diploma that reminded him of his childhood love and inspired him to write. He then began by translating literary works by other authors, while waiting to write his own.

Other books from this Author:

www.ingramcontent.com/pod-product-compliance
Lightning Source LLC
Chambersburg PA
CBHW070511200726
48293CB00007B/2484